見晴らしのよい時間

見晴らしのよい時間

川瀬慈

赤々舎

目次

歌へ

イメージの生命

イメージは生きている。私の内側の感覚や記憶と溶融し、様々なかたちで
世界にあらわれ出ていく。それはまた、あなたのまなざしや息吹を受け、
新たに芽生え、時空を超え、自らの生命をはてしなく拡張させていく。

［表紙（「種雲」2022）・挿画：平松麻］

地軸の揺らぎ

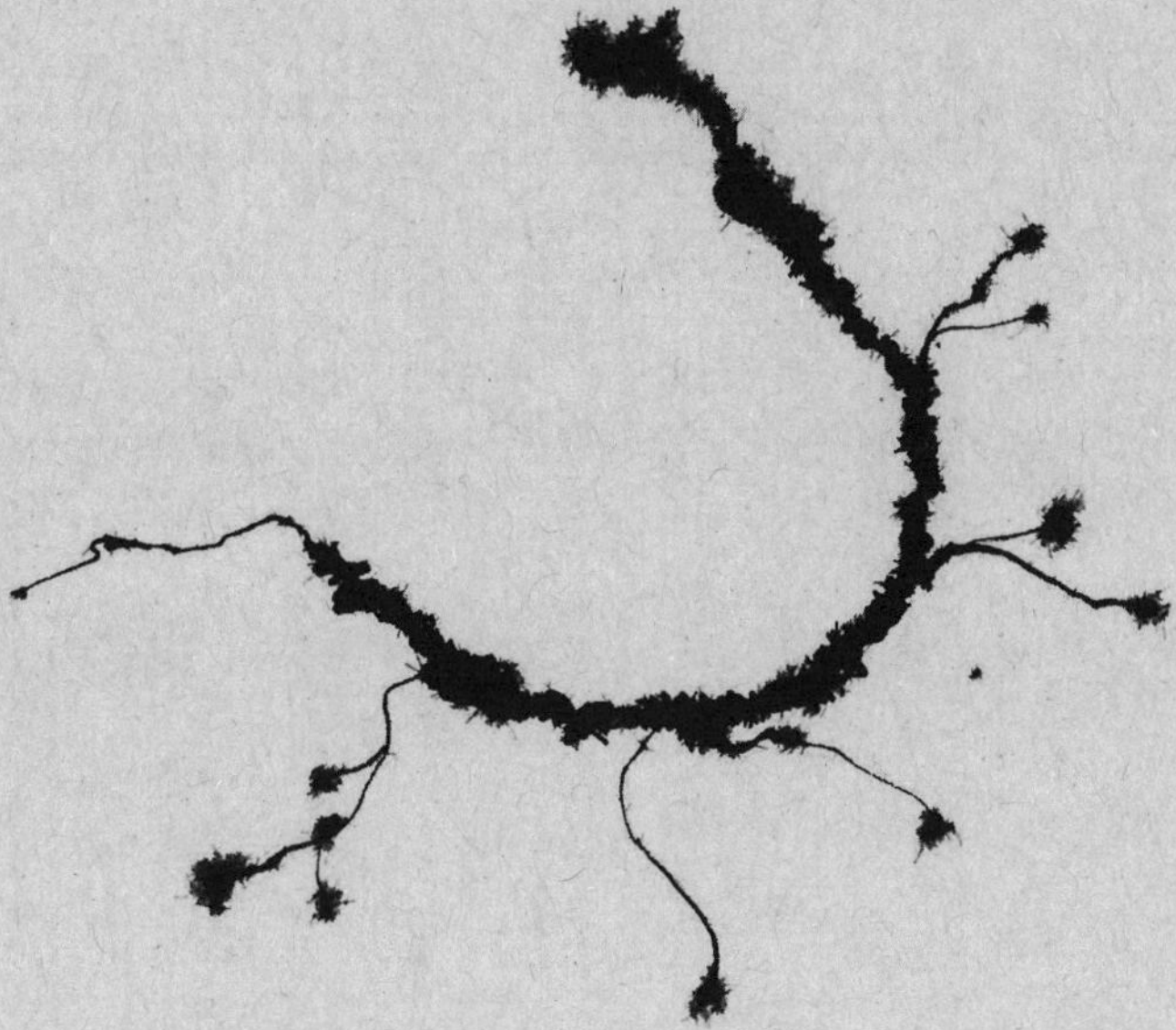

見晴らしのよい時間

見晴らしのよい時間　眺めてみようか
大地に根差した叡智と祈り
折り重なるプラスティックと核のごみ
荒れ野に不格好に突起する
生まれたて成り上がりの生物種

・

見晴らしのよい時間　耳を澄まそうか
回転速度を増す欲望の車輪
轢かれ押しつぶされる私たちのうめき声
神話たちはまたひそひそと噂話に忙しく
破壊 混乱 再生のタイミングを見計らう

見晴らしのよい時間　立ち止まろうか
どこからか　ふと吹きぬけるそよ風
ことばはすべて歌でできていた
生死を貫通し
あなたと私の壁を溶かし
転調 変調を繰り返し
永遠に生き続けるメロディ

見晴らしのよい時間
ああ　宇宙の律動に粛然と立ち尽くす

獣がかじるのは

原発事故で飼い主が避難勧告を受けた際、牛舎に置き去りにされた牛たちがいた。木製の柱につながれた牛たちは、空腹のあまりその柱をかじって死んでいった。牛たちの歯の痕を残す柱の両脇には、華道家の片桐功敦によってサザンカが生けられた。

獣がかじるのは
広い草原で草を食む記憶
喉をうるおす水の夢

獣がかじるのは
天と地を支える朽ちた柱
牧場主との契約

獣がかじるのは
地球にのこされたわずかな時間
傾き続ける地軸
はじきだされた欲望
じんしんせいの津波

獣がかじるのは
淀みなく流れてめぐりゆき
あなたの足元に戻るさざ波

獣がかじるのは
私の血
あなたの骨
大地の頸動脈
落下する天体のかけら

獣がかじるのは
種から種へのつらなり
私とあなたをつなぐいとなみ

花がまとうのは
獣の魂
時空のかなた 地の底に眠るものたち

花がまとうのは
生と死のみぎわ
あなたがかじりつづけるものを
かぎりない循環へといざなう祈り

君の歩行

君の歩行、それは揺さぶられて歩き始める歩行、世界を描く歩行、風の歩行、雨の歩行、川に沿って歩く歩行、灼熱のアスファルトと石畳の歩行、真っ暗闇の歩行、太陽の白い光がテラテラと輝く海面の歩行、天蓋を貫く歩行、住むということを限りなく旅に解き放つ歩行、すべてを循環の輪の中に放擲する歩行、あたりまえをあたりまえではないこととしてとらえる歩行、不動産とか資産管理とか呼ばれるものに対する抵抗の歩行、ちょっとまったりとしていたら急にまわりの気配が変わって焦って走り出す歩行、自身を規定するフレームがぐんにゃりと溶解する歩行、溶解したと思ったら青い骨だけが焼け残る歩行、普通とか予定調和とかいわれるものに抗う歩行、夜空でたくさんの出来事が起こっている歩行、限りなく遠方までいったはずなのに人工衛星のように周遊し続けていた歩行、歩くことが目的であるのかどうかすらも忘却の彼方に吸い込まれてゆく歩行、風の足の裏の歩行、雲の根本の歩行、われわれはどこからきたのかわれわれはなにものかわれわれはどこへいくのかわからなくなる歩行、新雪に地図を描く歩行、積乱雲のなかで迷子になる歩行、忘れられた古の叡智と精神に同期する歩行、大地に捧げられた祈りの蓄積の地層をトレースする歩行、飛行機雲の上をすべる歩行、ディストピアにユートピアを見てユートピアにディストピアを見る歩行、誰にもどこにも帰属しない歩行、たんぽぽの綿毛ぐらい軽やかな歩行、四葉のクローバーぐらいラッキーな歩行、星々をかき集めてかばんの中に入れたら真っ暗になったので夜空に申し訳ないと思う歩行、壁は分断のためにあるのではなくよじのぼりこじあけるためにある歩行、殺伐としたアンダーグラウンドにオエイシスを見る歩行、資本主義経済のレールの上にのせられ淡々と着実に進んでいくものに対する〝ちょっとまった〟の歩行、日常がすでに完璧な詩であり歌である歩行、オフとオンのみぎわのラインの歩行、お風呂のない歩行、お風呂を探す歩行、消費社会のなかで消費されえない歩行、目線がアリよりも低い歩行、ダンゴムシのようにまるまった歩行、おまわりよりもこまわりだがとりあえずわりとまわりがみえている歩行、日々の糧の喜びとファンファーレの歩行、また来るなかれといわれたのでまた来てみたらそこには何もなかった歩行、地面に落ちて朽ち果てていく蚊のうめき声すらも聴きとれる歩行、世界を異化するイカシタ歩行、生々しい対話の蓄積の歩行、主人公のいない映画の歩行、世界の中心が徐々に徐々にずれていく歩行、地軸が傾むく歩行、トンネルを抜けたらアフリカ大陸だった歩行、内面化されたシステムや歴史を注意深く凝視する歩行、市場経済から踏みでる歩行、いきものとしての呼吸を取り戻す歩行、アナーキーに穴をあけたらそこににこやかな顔で友達が待っている歩行、神社仏閣に助けをもとめても門前払いをくらう歩行、「最後はうちの寺に泊まりなよ」の歩行、幾多の土地と流麗なステップを踏んでターンをしてお互いの呼吸を合わせて目をあわせてにやりとする歩行、雷に打たれないことへの幸運に感謝する歩行、専門家のそれではない誰もがつけいる隙と余白を持った歩行、孤独の底の底の底のほうをなめたら孤独の底に穴が開いてしまった歩行、この惑星が本当は平面であることに気づく歩行、風に吹き飛ばされそうになり発泡スチロールのでかい箱で風を吹き飛ばす歩行、この惑星が何十億年とかけて蓄積してきたものに対して敬意を表しつつそれを一瞬でチャラにしようとする傲慢な種に対する怒りの歩行、大陸と大陸をつなぐ歩行、心の中の真っ黒いモノの導火線に火が付いたら爆発するかもしれないのでハラハラドキドキする歩行、人間が自然界の中で絶対的な捕食者ではなく捕食される側に立つ歩行、今この瞬間も捕食されている現実をつきつけられる歩行、この世界に数値化できるものなど実は何一つ存在しない歩行、ボブ・ディランのTime is an ocean but it ends at the shore*を口ずさむ歩行、jingle jangle nightにダイブし潜航する歩行、思考の永続的な脱構築の歩行、火山灰や霰や雹やみぞれとして大地に降り注ぐ歩行、海と空は相互に貫入しあいそこにわけめなど存在しない歩行、別れた後にバルーンのようにどんどん膨れあがり離陸する歩行、カラスに群がられ追いかけられることを土地の祝福として受け止める歩行、コンビニがコンビニエントでない歩行、道路上にあちこち転がるタヌキの死骸が知人の遺体なのではないかと気になってしかたがない歩行、蚊に悩まされつつも蚊の労働時間を知り安心する歩行、石を投げられたり「グッ」と力強く親指を立てて応援される歩行、いってらっしゃいとおかえりなさいが同義の歩行、地の果てが地の始まりの歩行、異国の地でお手頃な床屋で散髪したら意外にかわいいショートヘアになる歩行、公共の在り方とは何かを問い考え問い考える歩行、地は続き海は続いているのに国や話されている言語がころころと変わってしまう不思議について思いめぐらせる歩行、賞賛敬意敵視侮蔑桂冠栄誉規範なにものもとらえることができぬ歩行、神々の通過儀礼の歩行、地球が君を大股で歩き描く歩行、それでも歩くことを選ぶ歩行。

*Bob Dylan "Oh, Sister" より

川に沿って

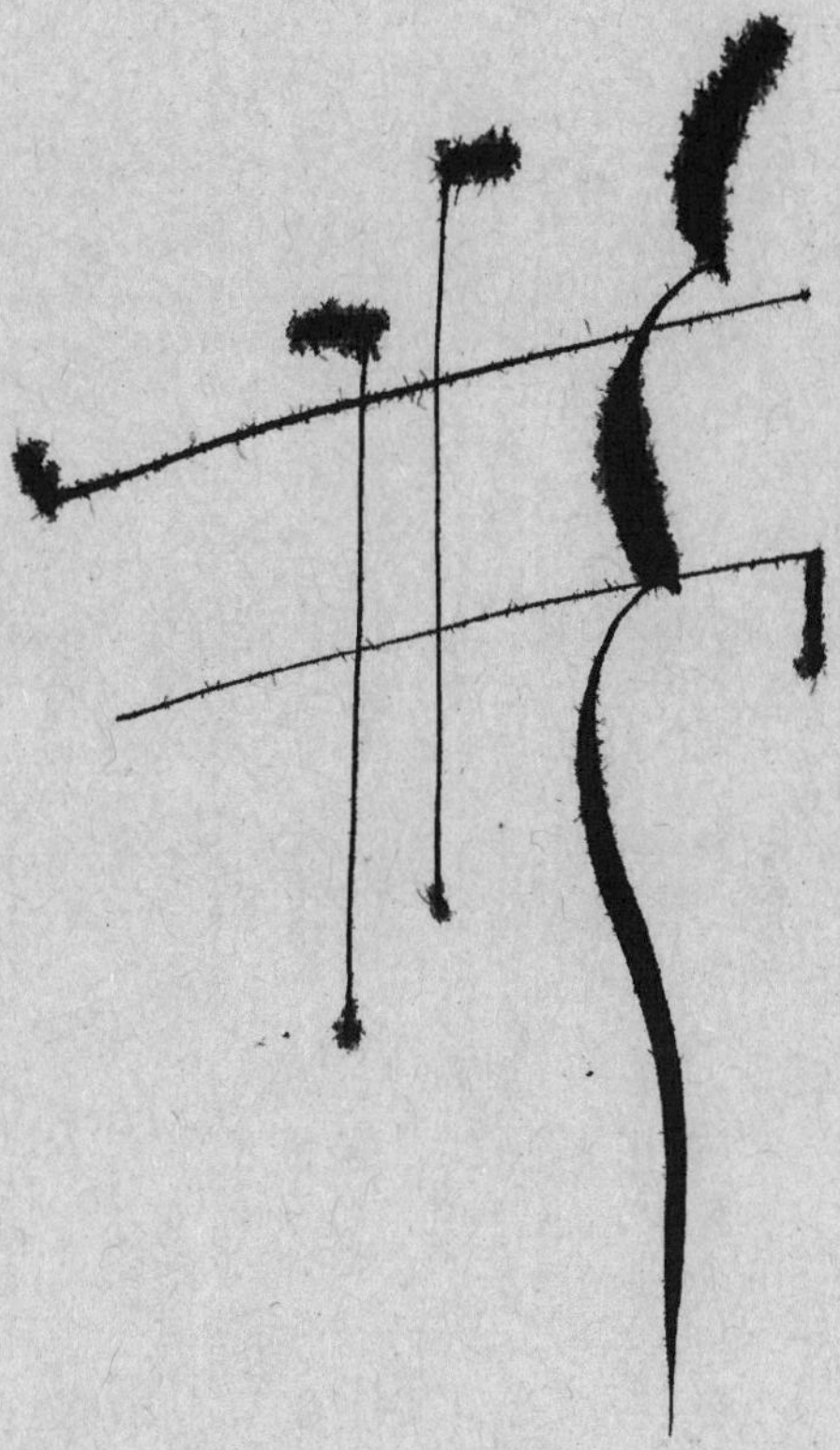

イメージの還流

川に沿って歩く。川に沿ってひたすら歩行する。パンデミック期間、何度そうしたことだろうか。幼い頃、泳ぎまわり戯れ、私の身体の一部のように感じてきた故郷の川。川は生きている。流れ流れ、さらなる流れへとつながっていく。これまで暮らしてきた各国の街の住み家のすぐ近くには常に川が流れていた。ハンブルグで借りたアパートの前にはエルベ川が悠々と流れ、巨大な貨物船が地を揺るがすような汽笛の音を響かせていた。ブレーメンの宿舎の二階の部屋の窓のすぐ下にはヴェーザー川。毎週末、川沿いでは蚤の市が開かれる。ロマとおぼしき二人組によるクラリネットとギターの演奏に、長い間耳をかたむけていた。マンチェスターの自宅のそばを流れるレイディ・ブルック・ヴァリーの小川に喉を潤しに集うポニーを、幼い娘を肩車して眺めに行った。長い間暮らしたエチオピア北部の古都ゴンダールでは、エチオピア正教会の祝祭儀礼の期間、近所のカハ川に近所の子供たちと一気に駆け下り、真夜中に素っ裸になって水浴びをした。暗闇の中で皆で呪文のように唱えた〝ソウ・ルコス、ウハ・ケドゥス（穢れた人の身を、水は浄める）〟というアムハラ語の掛け声が、心の奥底にこだまする。

故郷の川は木曽川水系に属する小さな河川。うさぎ追いしかの山、こぶな釣りしかの川。誰もが知る唱歌の冒頭に描かれる故郷の景色は、私にとってはいささかおとなしすぎるように感じてきた。いわゆるファミコン等の家庭用ゲーム機が台頭しはじめた時代ではあったが、小学生の頃の私の関心はもっぱら、近所の山々や川をかけめぐること。登下校時、ランドセルを放り投げ、衣類に絡みつく草をかきわけながら山の斜面をかけあがり、野うさぎや猿を追いかけた。猿を捕獲した友人もいた。我々は釣りざおを使ったこぶな釣りなどという高尚なことはせず、もっぱら手づかみで魚を捕った。河岸は積み上げられた石でできていた。石と石の隙間や川藻の中は魚たちの絶好の隠れ家である。その隠れ家にゆっくり近づき、はやる気持ちを抑えながら手をつっこむ。そこにはさまざまな魚が隠れている。ぬるっとしたり、ざらっとしたり、つるっとしたり、鱗のぬめり具合と体の形を指先で一瞬確かめるだけで魚の種類がわかる。もちろん魚たちは常に従順ではない。こちらの気配を察知し俊敏に逃げたり、激しい動きで抵抗し、我々の手のなかからすりぬけていく。一番よく捕まえたのはフナとウグイ。その他、アユ、コイ、ドンコ、そしてごくたまにウナギもいた。山の中の谷川に行けばアマゴやヤマメ、イワナがいた。アマゴやアユが捕れた時は、夕刻、戸外で塩をふって焼き、かじりついた。川底の藻は子供の背丈を優に超えるものもある。根こそぎ剥ぎ取り、根っこについた泥ごと頭からかぶり、半魚人だといってはしゃいだ。夏の到来が待ちきれず、肌寒い春先から川に入ることも珍しくなかった。川の底から世界をみあげたとき、太陽の光をあびて魚たちの鱗が輝き、その輝きが、互いを照らしあい、さらなる大きな光を生み出していた。川の中は無数の表情を持つ万華鏡であった。

魚たちとのスリリングな接触を繰り返した河岸の石積みは、とっくの昔に、灰色で平らなコンクリートに変わった。谷川の水はカラカラに干上がった。アフリカでのフィールドワークの中で欧州での研究生活の中で、ふと、この川が私の体の中を流れ、かけ巡るのを感じてきた。すると、私の指先に、さまざまな鱗のぬめりの記憶がよみがえってくる。

エチオピア高原へせっせと通い、人々の

様々な営みを記録し、思考し、写真で、動画で、言葉を通して、その経験を語ってきた。新型コロナウィルス蔓延の時代の到来とともに、それらの営みがぷつりと途切れた。研究生活の小休止とまでは言わないが、それは、自分のこれまでの、おそらくは二十年近くにわたるフィールドワークを基軸に据えた、淀みない研究生活の川の流れを堰き止め、ばくぜんとした「間」を投げかけた。大きな間。この間の到来は、地球から人類へむけられた、黙示録的なメッセージなのだろうか、それとも世界が浄化される兆しなのだろうか。資本主義の欲望の歯車の回転によって引き起こされた社会の様々な傷跡や亀裂が日の光のもとにさらけ出され、グロテスクに、時に哀しく、あちらこちらで露わになっているのがみえる。はたしてこれは、来るべき時代の流れに新たな生命を吹き込む、有機的な間なのだろうか。

そのようななか、私が歩みをすすめてきた土地と土地は、心の中でつながり、絡みあい、それが例えば、カバンの中の詩集のことば、訪れた街の市場の匂い、さらには様々な記憶や、満たされえない欲望と混ざり溶けあい、うごめき始めているのがわかる。これを例えば、イメージの発酵物とでも呼ぼうか。それは確かに、激しくふつふつと音をたて、私の体内を還流し、日々、その速度を速めていく。それは時には予想もしない形で私を通して顕現していく。歩みをとめてはいけない、歩みを。心のなかに流れる川に沿って歩き、詩を書き、ことばをはく。

神話は人間のなかにおいて、人間自身が知らぬまに考え出される。レヴィ=ストロースが神話の動態について言及した言葉に想いをよせる。自ら生まれ、生成変化を続ける神話たち。イメージはどうか。例えば、心象、死後の世界、夢、自然が我々に投げかけてくるメッセージ…。それらが生きて、呼吸をしていると考える。イメージの生命。イメージは脈動を持ち、歌う。敦煌の莫高窟に描かれ、彫られた仏たち天女たちが互いを照らし合いながら増殖していくように、それは、転調を重ね、変調を繰り返す。そして、人による所作を通して活性化したり、時に廃れたり、人と人のつながりを介し、その生命をしたたかに維持させていく。

川に沿って歩みをすすめる。川の中が万華鏡であれば、川岸や付近の田園は鳥たちのパラダイスだ。平野を見渡す。白い点がぽつり、ぽつりと佇み、私を誘う。その白い点は、互いに近すぎず、遠すぎず、適度な距離を保ちつつ並んでいるかのようにもみうけられる。神社のてっぺんに巣を作り生息する何百羽のダイサギたち。日中は、聖域を守る番人のように巣にたたずみ、鳥居をくぐろうとする人間をてっぺんから威嚇する。その美しく凛とした佇まいからは想像できないような荒々しい鳴き声だ。この優美な鳥たちは朝夕、付近の田園に降り立ち、土の中の昆虫やミミズをついばむ。ダイサギはとても用心深い。私が注意深く抜き足差し足で近づくと、頭をすっと下げ、警戒心をあらわにする。十五メートルでも近づくと、すぐにどこかへ飛び去ってしまう。ただ、驚くべきことに、ダイサギたちはせっせと畑作業に勤しむ農作業者のすぐ傍まで近づき、おとなしく佇み、すぐに飛び去ることはない。農作業を行う人々が掘り起こす土の中から、鳥たちのごちそうが転がり出てくるのであろうか。あるいは、仕事に黙々と従事する人々からは、邪心を感じないからなのだろうか。地球の生態系を破壊し、貪る。我々は所詮、地球に生まれたばかりの成り上がりの生物種なのかもしれない。鳥と人の適切な距離とは。人類と他の生物種の適切な距離とはいったいどんなものなのだろう。大きな「間」は、否応なく問いかけてくる。

私の曽祖父は人々から慕われる僧侶であった。太平洋戦争のさなかには、戦死者の他に栄養失調で亡くなる幼児の葬儀も多かったという。日露戦争で亡くなった兄の代わりに若くして寺を継いだ曽祖父。擦り切れた法衣をまとい、湧き出る清水を飲みながら山道を歩き、家々をまわり経を唱える日々であった。近隣の農家では大人たちはしばしば遅い時間まで農作業に勤しみ、なかなか家にもどることができない。そのようななか、曽祖父は農家の子供たちを寺であずかり、よく世話をした。幼少の頃、寺で面倒をみてもらったという近所の老人たちが曽祖父についてなつかしそうに語るのを聞いたことがある。私の地域では、故人が亡くなった日、いわゆる月命日に僧侶が民家を訪ね読経することを「おじょうはん」という。戦争が終わる数年前のこと、いつものように近所のおじょうはんから戻った曽祖父は、家の軒先で突然倒れ、昏睡状態に陥った。その場に居合わせた曽祖父の娘である叔祖母によれば、曽祖父が倒れた直後、近所の人々が競い合うようにヒルを持ち寄り寺にかけつけたとのこと。藁の上に寝かされた曽祖父の首筋にヒルを張り付け、血を吸わせたのだとか。普段、人からは嫌われるヒル。曽祖父の首に吸い付いたそれが、水田に生息するチスイビルであったのかヤマビルであったのかはわからない。叔祖母は当時まだ幼く、父の危篤ということの重大さを理解できず、寝かされた彼のまわりを走り回り、友達と遊んでいたのだそうだ。ただ、彼女はその小さなヒルが血を吸い、みるみるうちに大きくふくれあがり、自らの重さのため、曽祖父の首から、ぽとり、ぽとりと地面に落ちていく姿を今でもはっきり覚えているという。ヒルによる瀉血も空しく、倒れてから一週間ほどで曽祖父は亡くなった。そう遠くはない昔に、私にとって身近な場所で、人がヒルに依存し、ヒルが人を「食べる」という、異種間の命の還流が確かに存在したことに、眩暈をおぼえる。それは私のなかで、また大きな川の流れとなり、さらなる歩行を私に促すのである。

線の戯れ

どこかで見たことがあるのですが思い出せないのです。くねくね蛇のように這う長い線。人差し指でその動きをなぞってみることにします。上のほうはあたかも人が大きく伸びをしているようです。下のほうは、文字のようにも見えるし、紐がもつれ、からまっているようにも見えます。不思議と親しみを感じる線の躍動。でも、いったいそれをいつ、どこで見たのか思い出せません。ただ、しばらくすると、じわじわと漠然とした確信が芽生えてきました。誤解を恐れずに打ち明けるとすれば、この線がどこまでも伸び続けようとする意思を持つということ。平面に閉じ込められることを拒み、時空を超え、したたかに生き続ける確固とした強い意思を持っている、とでもいいましょうか。

墨汁、新しい畳、そして蚊取り線香の匂い。私は、小さな平屋を使って行われる、近所の書道教室にいます。筆を持ち、正座をしています。年齢は八十歳を少しすぎたぐらいの、小柄なおじいさんが目の前にいます。口を丸め、突き出し、ポーポーポーという奇声を発しながら怒るその姿にちなんで、彼は、ポー先生と呼ばれていました。私たち小学校低学年の数名は、ポー先生を囲んで座り、毎回、五枚の半紙をこなしていきます。ポー先生が準備する文字をお手本に、そう、ノルマ五枚。しかし、いたずらっ子は早く戸外で遊びたいもの。すぐに集中力を欠き、そわそわしはじめます。筆を持ちながら、頭の中では山野をかけまわり小動物を追いかけ、川で魚をつかみ、ゲームをやります。半紙五枚はとてつもなく長い道のりに思えるのです。三、四枚だけ済ませた後、はい、終わりました、と言って、教室を抜け出そうとする私たちの試みは、いつもすぐにばれて、ポー先生は噴火するのです。そんな先生の怒る姿は、子どもたちにとって恐ろしいと同時にはちゃめちゃに可笑しくもあり、私たちはうつむきながら、必死で笑いをこらえるのでした。ところで、ポー先生の妻もまた、ポー先生に負けずとも劣らないくらい怒りっぽいのでした。彼女は後妻で、先生よりずっと若く、二人はいつも私たちの目の前で激しい喧嘩を繰り広げるのです。それを見て私たちは必死で笑いをこらえようとするのですが、そんな悪ガキたちの姿を見て、ポー先生はまた、ポーポーポーと爆発し、悪循環もよいところ。ところで、ポー先生はかつて小学校の先生だったといいます。教員を引退した後、地域の歴史編纂事業に関わり、私家版の民俗調査の報告書を複数まとめたのはよいのですが、村人たちからは、それらがでたらめだらけの本、という不名誉なレッテルをはられていました。

ポー先生にちょっとした異変が起きはじめたのはある初夏のこと。いつものように、半紙にしかめっ面で向き合い、お手本の文字を筆でしたためようとするポー先生。しかし、うまくいきません。体は固まり、おまけにわなわなと震えはじめました。そして突然、へんてこな文字を書きはじめたのです。それらの文字は、例えば「土」とか「火」とか「風」とか、私たちにもわかる漢字にどこか似ているのですが、どこからどう見ても、巷には存在しない、不思議な文字なのです。いや、実際、文字といってよいのかどうかはわかりません。なぜならそれらは、おそらく漢字を祖形としつつも、文字の枝を、触手を、はてしなく伸ばし、半紙をはみ出して脈打ちはじめるかのような、生き物であったのです。不思議な線の伸長を前に、私たちは筆を止め、そわそわしたり、くすくす笑いあったりするようなことはせず、ポー先生の筆先をじっと眺めるのでした。ポー先生がまるでとりつかれたかのように書き連ねる、どこまでも伸びゆく線の生命。それを凝視することは、途方もない異世界への旅であり、神聖な儀式に参加するかのような体験でした。透き通った時間が流れていきました。ただ、残念なことに、ポー先生の妻が、そんなポー先生の脱線に目ざとく気づき、すぐに血相を変えて飛んできて、「存在しない」はずの文字を生産する先生を叱りつつ、時には彼の背中を激しくぶつのでした。するとポー先生は夢から覚めたように我に返り、筆を止め、すごい剣幕で妻に食ってかかるのです。そんなことが何度かくりかえされるうちに、ポー先生は亡くなりました。

成人して、私は各国を訪れるようになりました。カナダに留学していた頃、風変りな講義があったのを覚えています。それは、大学附属博物館にあるトーテムポールの表面の図柄を、黙ってひたすら模写するという講義でした。北米先住民文化を象徴する木造の柱には、動物や神話が刻み込まれ、息づいています。「樹木に耳を傾けると、そこに彫るべきモチーフを樹木が教えてくれる」。ハイダ族の血をひく彫刻家、ビル・リードが確かそのようなことを言っていました。当時の自分が柱に彫られた何を観察し、何を描いたのかははっきり思い出せません。数コマにわたって行われた講義の中で、各自はひたすら柱に彫られた線を模写するのです。ずっと、ひたすら。そして講義は、解説も、議論も、省察もなくそのまま解散。ゴールも答えもない、いささかおかしな、濃密で瞑想的な時間でした。

数年前、ドイツ北部のとある民族学の研究所に滞在していたときのことです。ナチスの時代、爆薬を製造する工場であったという研究所の中は、無機質な薄気味悪さに包まれていました。私には広く立派な研究室があてがわれたのですが、なぜか研究室で仕事に打ち込む気にはなれなかったのです。所員たちが自宅から連れてきたという犬たちが所内を優雅に闊歩するのを追いかけまわし、最寄り駅のカフェで時間をつぶしたり、あてもなく街をぶらついたりしていたずらに過ごしていました。各国から難民・移民がドイツに押し寄せた夏のことです。

落ち着きのない私の姿を見かねた研究所所長の考古学者はそんなある日、面白いものを見せてやる、といたずらっぽく微笑みながら、所内の収蔵庫に私を案内してくれました。かび臭い饐えた匂いがただよう暗い部屋の中。そこには、先史時代の岩絵や洞窟壁画などの無数の模写が、経典の巻物のように丸められた状態で保管されていました。動物と人間の狩猟を通したかけひきを緻密に描くものから、まるでキース・ヘリングの作品のような図柄もあります。そして様々な抽象的なイメージが、息をひそめて閲覧者を待っていました。それらのイメージは、所長が巻物を無造作に開けるたびに、私の目の前でそれはそれは楽しそうに踊りだすのでした。研究所の創設者は、世界各地へ調査に赴いた探検家であり、民族学者です。彼や、彼に続く所員たちのエクスペディションには、プロの画家たちが同行し、岩絵、洞窟壁画、各地の伝統的な生活用品を模写し、研究資料としてドイツに持ち帰りました。研究所のコレクションに圧倒された私の姿を満足げに見つめながら、どうだまいったか、とでもいわんばかりの表情で、所長が告げました。幼児によって描かれたものであれ、ラファエロによるものであれ、線には魂が宿る、研究所の模写は、その魂と同期しようとする試みである、ということでした。とはいうものの、写真技術が飛躍的に発展するなかで、二十世紀半ばに大衆向けのカラー写真が台頭すると、これらの模写は、過度な演出と装飾を含む、時代遅れの、不適切な研究資料として位置付けられることになってしまったのです。やれやれ。その後、これらのイメージの大群は、しばし、忘却の彼方に追いやられることになるのです。

所長とのやりとりがあったその日から、私は収蔵庫をしばしばのぞくようになりました。巻物を一つ一つ紐解き、イメージがはなつ脈動に耳をすまし、いにしえの知性、精神性へ同期しようと試みます。いにしえの狩人たちは、動物を狩り、踊りながら、それらの存在とからみあい、世界と調和しながら存在する音楽そのものでした。古代からのイメージの脈動、そしてその圧倒的な熱量を前に、私は放心状態になり、収蔵庫の壁にもたれ、ぼーっと佇むのでした。

ある時、収蔵庫の奥に飾ってある、一枚の絵が気になって仕方なかったのです。それは研究所の創設者自らが、アフリカ大陸の南部の洞窟壁画を模写した水彩画であり、いたってシンプルな、力強い線のうねりでした。紀元前二千年から五千年のあいだに描かれたという壁画。複数の人物像と見受けられる線が、ななめに連なる、どこかで見たことがあるなつかしい動き。蛇のように這う長い線は、時空を超えていくみずみずしい力をみなぎらせているようでした。ゆっくりと、人差し指で線をなぞってみるのですが、それをどこで見たのか思い出せないのです。

研究所での日々はあっというまに過ぎ去り、帰国まであと数日となりました。帰国の準備に忙しい頃、同僚たちが企画してくれた私のお別れ会の食事の後、みなでクラブに踊りに流れました。私を囲んで宴を催してくれる同僚たちの気持ちは嬉しかったのですが、まったく踊る気にはなれず、壁にもたれかかりドイツ語のヒップホップにあわせて踊り狂う同僚たちを、ただぼーっと眺めるのでした。そのとき、タバコの煙と、激しく単調なビートの反復の渦のなかで、漠然としたヴィジョンが私の中で積乱雲のようにムクムクと膨れ上がり、私の体内からあふれ出ていくのがわかりました。私は線の上を裸足で歩いています。線はさらに無数の線と絡まり、伸縮していくのです。それは、トーテムポールの表面の神々や獣たちをなめあげるかのように這いあがり、大地と天を、生と死を、過去と未来を、神々と人を融通無碍に往還し、貫入し、どこまでも伸びていきます。その線の戯れのなかに、あのときのポー先生が嬉々として踊り狂うのが確かに見えたのです。

どんぼらの淵

どんぼらの淵にはな
ノシっちゅう
そりゃあでえれおそがいもっけが住んどりんさるんやと
とおりかかったジンをひきずってどんぼらの淵に沈めてな
けつのあなからのこをひきぬくんやと
ひきぬいたのこをな
なぶってねぶって　なぶってねぶって
のみこみんさるんやと
だまくらかしとらんて

ノシんたあにつかまってまったらな
ちゃっとにげたらあかんのやて
ちから抜いてな　淵の奥の奥までひきずられてくんや
めえつぶっておとなしゅ　ひきずりおろされるんや
淵のいちばん底ついたらな
なまんだぶ　なまんだぶって　ちゃっとおがむんや
ほしたらな　ノシがふーっと　力ゆるめんさる
そんとき底をでえれえおもいっきりけりゃあ
ほんで　ふわーっとうえにあがってくんやぞ

どんぼらのくろできこえるひぐらしの声はな
ノシんたあのうめきごえなんやと
わしらはこっちや　わしらはこっちや
おまはん　わすれとらんか
おまはん　わしらをわすれとらんかっちゅうな

ノシんたあはいわした
最近のジンは祈らんし　祀らんし
でえじなことてんで忘れとるげ
川ざらえ　あんばよやらへん
地蔵盆　あんばよやらへん
オショウライさん迎えんし送らん
そんかわり山削って川削る
毒たんとたべて毒たんと流す
ジンののこはな　でえれえまずてまずて
てんでくえんと　てんでくえんくなってまったんやと

どんぼらのくろのひぐらしの声はな
ノシんたあのうめきごえなんやとさ
わしらはこっちや　わしらはこっちや
おまはん　これはええんか　これはええんかと
両手あわせて　拝むよううながしんさる
おまはん　わすれとらんか
おまはん　わしらをわすれとらんか

白い闇

ムジェレ

ムジェレが僕のなかに侵入し　毅然と居座った

雨季のエチオピア高原
裸足で土を踏みしめ
片手にはムチ　もう片方の手で犂の柄を握りしめ
器用に牛をあやつり　ぐいぐい畑を耕す農夫たち

ムルゲータは一家の末っ子
小学校に入ったばかりだというのに
ウェラの木のように引き締まったふくらはぎ
惚れ惚れするようなみごとな牛犂さばき
ムルゲータを追いかけ　勢いよく畑に飛び込んだ僕は
泥に足を絡めとられて思うようにいかず
屈強な牛たちに引きずりまわされ右往左往
ある日　右足の裏　土踏まずあたりに違和感が
ああまたやられた　侵入者に
人の体に寄生する異種　憎きムジェレ
僕の足の裏のゴマ粒を見ながらムルゲータは大笑い
カワセも自分たちと同じ人間だ

気にするな　こんなのたいしたことないさ
縫い針で僕のムジェレを取り除こうとするムルゲータ
でも牛犂さばきにはるかに劣る　そのへたくそな針さばきで
僕の足の裏はみるみる血まみれさ

そうそう　ムルゲータは働き者
早朝　登校前に牛の放牧　学校から帰れば薪集め
牛を眺めながらムルゲータが奏でるワシントの音色は
高原をひろがり　遠く旅をする
望郷のメロディ　テッゼタに
濡れた大地はレムレムレムレムとまぶしく輝き
乾ききらない牛糞を集める少女たちは振り返る
草を食む牛たちは顔をあげて微笑み返し
世界の輪郭がはつらつと浮かび上がる

ムルゲータは僕によく言った
町の小学校は遠い
カワセ　この村に小学校をたててくれ
僕はいつも苦笑い

ムルゲータはいつしか青年になり旅に出た
ヨーロッパをめざしてね
危険だからやめておけとあれだけ忠告したのに
陸路でなんとかスーダンを越えたのはよいが
海を渡ろうとリビアに赴き　やっかいなデラライにつかまった
デラライはムルゲータを拷問し痛めつけ
彼の家族に送金せよ　さもなくば彼を殺すとせまった
やつらのやりかたさ
米国にいる兄が大金をはたいた
弟を助けようと必死だった

ムルゲータの消息はそれっきり
どこかへつれさられたのか　海のなかに消えたのか
メスカラムの鳥のように
ふらりとでも現れてくれたら

僕の足の裏には亀裂が走り
そこからじわりと白い闇が浮かび上がる
そこにまっさかさまにダイブして
ムルゲータの帰郷を待つのさ
ムジェレの卵が孵化するまで

＊ムジェレ：アムハラ語でスナノミ、人や動物の皮膚に寄生する
ウェラ：オリーブの木の亜種
ワシント：木製、あるいは竹製の笛
テッゼタ：エチオピア北部に顕著な五音音階、主にCDEGA
レムレム：緑にあふれる様
デラライ：仲介者、紹介者、人身取引・売買を行うブローカー
メスカラムの鳥：新年のみ現れる渡り鳥、転じて、ごくたまに現れる人物

さくら荘のチュルンチュル

私はさくら荘のチュルンチュル。喜びと哀しみの涙を流します。あなたの眼の奥に潜む、とてつもない虚無の世界にリーチして、そこにあたたかいヌファス、風を送り込むことができます。争いあう者同士の心の中にかわいらしいアデイアベバ、そう黄色いヒナギクの花を咲かせ、穏やかな気持ちにさせることだってできます。空気の中に沈殿した邪気を追いはらうこともできるのです。あなたが良い気分になったのなら、私の毛並みのツヤは光沢を帯びて輝くはずです。あなたを狙う邪悪な視線を吹き飛ばすことだって可能です。

私はトーキョーとアフリカの高原の大地をつなぐもの。インターネットより、光より、なによりも早く、そして強くつなぐもの。

私はさくら荘のチュルンチュル。木造おんぼろアパートの和室は私の棲み処。今日の午後はここで、ジャパリンニャ（日本語）の語学教室がありました。教室に参加する子供たちには、壁にかけられた私の体が小型のホウキの類にみえるらしい。親たちと共に来日した顔はハベシャ（エチオピア人）

っぽい、アビシニアの香りを残した子供たち。私が何なのか、私がアフリカの地で、どう使われるのか知らない子も実は多いのです。何か得体のしれないお化けの人形なのかと思い、私をいぶかしげにみつめる子もいます。私を見て、時々、怖くて泣いちゃう子もいます。面白がって乱暴に触ってくる輩もいます。ほらほら、あの革製品を製造し販売する会社で働くヨハネスのところの娘、名前はなんでしたでしょうか。あのやんちゃな小娘が、今日の午後も私の毛を強引に引きちぎろうとしたのです。なんてことでしょう。私は痛みのあまり悲鳴をあげ、涙をながしました。

子供たちとの騒がしい午後が終わり日も傾きかけた頃、あなたがいつものようにさくら荘の部屋にやってきました。のっそりのっそり、物憂げな表情、うつむきかげん。あなたがこの下町のハベシャ・コミュニティの相談役となってどれだけの時間が流れたでしょうか。壁に掛けられている私を手に取り、そうしてあなたはゆっくりと撫でるのです。私のこの毛を愛おしそうに。そしてそれを鼻に近づけるのです。消えてゆく蝋燭の焔のごとくわずかな香りとなった、私の獣の部分が恋しいのでしょうか。そしてまたゆっくり撫でます。あなたは私の中に顔を埋めます。そうして、疲れきった身体を、そして心を私にほうり投げるのです。私は、優しくあなたを包み込むのです。ここ数年、あなたがこんな仕草をやることなんて全くなかった。でもこのところ、一日に何度も何度もこんなふうに私のなかに顔をうずめるのです。

世知辛く、そして殺伐とした時代に、あなたは故郷から遠く離れた異国にいます。私は艶やかに波立ち、黒く光ります。あなたの心の中に、あたたかいヌファスを送り込みましょうか。

ここは様々なハベシャが行き交い、出会い、故郷を想い、新天地での夢を語り合う場所。さくら荘のこの部屋は、長距離バスの発着場のような場所でもあります。さくら荘は、アジスアベバの中央バス停、マンナハリヤだと言っていた同胞がいたけど、あれは見事なたとえだった。朝もやのなかのマンナハリヤ。仕事を求めて、各地から人々がやってきて、モノが行きかい、情報が錯綜する。この国に来た、あるいは流れ着いたハベシャたちが、ここに集い、また、ここから様々な場所に飛び立っていくわけなのです。

あ、そういえば、さくら荘の部屋には、ジャパナウィ（日本人）も時々やってきますよ。そんなたくさんの人数じゃないのですが、とっても親切な仲間たちなのです。ハベシャにとって、この国で外国人として暮らすことは楽じゃない。苦労はずっと闇の中のハイエナのようにハベシャのあとをつけてくるもの。そんなハベシャを支え助ける組織の代表があなたなのです。右も左もわからない、この国に来たばかりのハベシャたちの職探し、宿探しの手伝い、ハベシャたちの働く会社とのトラブルの解決、難民申請をめぐる手続きのサポート、ジャパナウィのパートナーとのいざこざの相談。

ハベシャどうしのケンカだっていっぱいみてきました。

あなたは、ほんとうによくやっています。

あなたがこの部屋で私を持って、物思いにふけりながらゆっくり歩くと部屋全体が微妙に揺れます。あなたは狭い部屋の中を、私を振り回しながらぐるぐるぐるぐると歩くのです。中肉中背のアムハラ人。堀の深い顔に透き通った目。ツァイイムと呼ばれる薄い肌の色は、ジャパナウィの多くの人が想像する、アフリカ大陸の、いわゆる黒人の姿からは程遠いものといってよいでしょう。日中の廃油リサイクル工場の仕事を終えて、この木造の建物、さくら荘に毎夕出勤するとき、あなたはスーツに身を包んでやってきます。今日あなたは、スーツの下から匂う廃油のことが少し気になるようですね。

私を手に取り、ゆっくりと撫でながら、あなたはアビシニアの高原の大地の旅をはじめたようです。野性のバター、乾かない牛糞、納屋に保管された穀物、炒ったばかりのコーヒー。様々な匂いや空気の感触が私に運ばれてさくら荘にやってきます。あなたはさらに旅を続けます。ハゲワシとなり、青ナイル川の源であるタナ湖を超え、乾いた高原の大地を俯瞰し、放牧された家畜の群れを眺める。そうしてヒヒとなり、深い渓谷にこだまする雄叫びをあげる。その声に続くように群れの仲間たちが応える。どこかから、かすかな笛の音が聴こえてくる。高原はレムレム、レムレム、緑々と萌え、輝く。

玄関の薄い戸を誰かがノックする音で、あなたはふと我に返りました。あなたは慌てて机の上に置かれたマスクを手に取り、右手に持った私を机の上に置きました。さてと、来客のようですね。しくしく泣きながら若い女性があなたの前にあらわれました。小柄な女性。彼女は左足を引きずるように窮屈な和室のオフィスに入ってきました。

——アベバ、どうだい最近?その後どうなの。元気なの?ちゃんとこの国の空気に慣れているの?しばらくみながったね、まあそんな泣くなってば。どうしたどうした、その足。

——ありがとう。まあまあってとこよ。見ての通り怪我をしたのよ。神のご加護をあなたに。

——アーメン。

長距離競技を専門とするオロモ人のスポーツ留学生、アベバ。来日してまだ一年も経たない彼女。今日はとっても浮かない表情のようです。彼女の顔はそばかすだらけ。まだあどけなさが残ります。あなたの前に座ると、彼女はうつむき、携帯をすぐにいじり始めました。あなたは前回彼女がここに来た時のことを思い浮かべます。母国のあこがれのマラソン選手の名前、ほらハイレ・ゲブレセラシエや、ケネニサ・ベケレとかの名前をあげながら、世界陸上で優勝するという夢を彼女は語りましたね。その時のはつらつとした様子とは対照的な今日の暗い表情。彼女の涙をみると、私もなぜか訳が分からないのですが涙がこぼれてしまいます。なぜでしょうか。

――そうかい、そうかい、あなたの苦しみを私も共有します。

困った人に対して投げかける、あなたのおなじみのフレーズです。私は彼女に向ってあたたかいヌファスを吹きかけました。あなたはアベバの眼を見てじっくり話を聞きます。アベバはどうやらトレーニング中にアキレス腱を切ってしまったようです。彼女のことをちゃんと理解しないジャパナウィの医者たちのせいで、傷の手当がうまくいかないというのです。いや、うまくいかないというより、怪我の処置のありかたが、彼女には理解できず、それが得体のしれない魔術にみえてしまうのです。彼女は悩み考え、本国で治療を行うため、一時帰国するというのです。この帰国案とスケジュールをめぐって留学先の高校とちょっとしたいざこざがあり、退学させてやる、とコーチに迫られているのです。でも怪我の処置だけが一時帰国したい理由というのは嘘でしょう。故郷の家族が恋しいということも、もちろん私は知っています。

長距離走を専門とするスポーツ留学生として来日したハベシャをあなたは何人も知っています。ランナーたちが怪我をする。すると怪我の程度の差こそあれ、その処置をめぐってジャパナウィとのミスコミュニケーションが起きる。ちょっとしたコミュニケーション上のトラブルにより、才能あふれる選手が走ることをやめてしまう。そんな話をあなたは何度も聞いてきました。先ほどまで言葉少なに状況説明をしていたアベバは、今度は堰を切ったように話し始めました。

——先生もコーチたちもだめ。医者もだめ、だめ、だめ、だめ。全く理解していないみたい。もう走るのもやめちゃったほうがいいのかもしれない。ああ、せっかくこの国に来て夢をかなえるチャンスを得たっていうのに。走るのやめて、マグドナルドかユニクロで働きたいわ。ほらあの、ティグライ人の彼女もシブヤのユニクロで働いていたわよね。

——アベバ、ちょっと待てよ。なんのためにこの国にやってきたんだい。どれだけの人がお前の来日をサポートし、はげましてきたのか知らないのか。そんなかんたんにあきらめちゃだめだろう。とりあえず、ジャパナウィにはジャパナウィのやり方があるからそれをじっくり見てみないかい。焦って家を造っても土壁は崩れ落ちるっていうだろう。将来、トゥルネシ・ドゥババのように世界中の舞台で活躍するって言ったじゃないか。

アベバは涙をぬぐいながら、ふと私に目を注ぎました。あどけないまなざしです。

――なんでこんなところに獣の毛が？こんなものをトーキョーでみるなんて。前回ここに来たときは気づかなかったわ、まったく。

――いや、いつもこの壁にかけてあるけど。君みたいな都会育ちには、あまり見慣れないモノだろうね？

――まあそうね、楽器の弦か、いなかの馬車を思い出すわ。でも、なぜだかほっとさせられる。今日はありがとう。あなたと話をしていると気が楽になったの。すぐにまた、走れるような気がしてきた。

あなたは私の柄の部分を持ち、とても優雅に、空気中にふわりと円を描きました。アベバが良い気分になった理由が、あなたのその優しくぬくもりのある態度、そして励ましのことばだけでなく、私の力によるものであるということを彼女は理解していないみたいですね。まあいいです。いつか、彼女にもわかる時がやってくるでしょう。

それはさておき、あなたは来週、アベバの高校に赴き、先生やコーチたち、そうして彼女のかかりつけの医者の話を聴くという約束を彼女と交わしました。とりあえずアベバとジャパナウィの間に立って、お互いの意見をじっくり聴こうという提案が、いかにもあなたらしいですね。ジャパナウィがエチオピアの大昔のマラソン選手の神話にとりつかれ、今日でもその神話を塗り重ねていくように語る姿を、あなたは滑稽に思っています。仰々しいコンクリート製の彫像に、さらにべたべたとコンクリートを塗り重ねていくようなものです。彼女には、そんな彫像をふきとばしてしまうぐらい、素晴らしいランナーになってほしいものです。

泣きながら重い気分でさくら荘に入ってきたアベバですが、ずいぶんと軽やかになったようです。最後は笑顔をみせて帰っていきました。今日の花、そして明日の果実、今日の花、明日の果実。あなたが呪文のように心の中でつぶやいているのが私にははっきり聞こえます。この問題はなんとかなるだろうな、と思いながらあなたはアベバをさくら荘の玄関先まで見送りました。私は光沢を帯びて黒々と輝きます。

アベバを見送ったあなたが部屋に戻ろうとすると、二つ隣の部屋からとても良い匂いが漂ってきました。それはそれはとても良い匂い。晩飯時なのでしょうか。その部屋には、ハベシャの若い兄弟が身を寄せ合って暮らしています。楽しそうなアムハラ語の会話が聞こえてきます。職場の同僚の噂話でしょうか。それとも故郷の友人たちの近況についてでしょうか。

レトルトカレーに混じった、おなじみのスパイスの匂いがあたりに充満しているのがわかります。

唐辛子を中心とした真っ赤なミックススパイス、バルバリの匂い。ちょっとおおげさな言い方かもしれませんが、このスパイスなしでは生きていけないとあなたは思っています。様々なおかずに用いられるスパイス。この国のレトルトカレーとバルバリをまぜあわせるとはなかなかいい案じゃないですか。

あなたはとても空腹であることに気づいたのですが、ぐっとこらえます。部屋をノックし、二人にあいさつでもしましょうか。でもあなたはそれが夕飯を求めた浅ましい行為だと同胞にとらえられはしないか躊躇していますね。いつものことです。あなたは私を再びふわりとはためかせ、自分を戒め、部屋にもどりました。

私はさくら荘のチュルンチュル。来客です、来客。また誰かやってきたようです。彼女がやってきました。激しく地面を打ちつけるようなハイヒールの音で彼女であるとわかるのです。けばけばしい化粧。目鼻立ちがくっきりしたティグライ人女性の登場です。そう、フレがやってきました。正式な名称はフレヒーウォートゥ、生命の果実。厚化粧が肌から浮き立つ様子が可笑しいのです。人間の欲望の臭み、夜の沈殿物、それら全てを吸いこんだかのような表情。私は正直彼女が苦手なのです。コートを脱ぐと、左の腕から聖母マリアとバラの花のタトゥーがみえました。もう大昔にアジスアベバで彫らせたものということですが、青白いインクがまるで紙の上にこぼれ落ち、じんわりとにじんだかのような汚らしいタトゥーなのです。ああ、とてもまともにみちゃいられません。アジスアベバでジャパナウィの男と結ばれ、来日したのが十年前。でもすぐに男とは別れて、いわゆる水商売に従事するようになりました。仕事に出かける前に、しょっちゅうさくら荘にやってきては、あなたによもやま話をしていく彼女。ああ、でもどの話も俗っぽくて、つまらなくて退屈です。フレの店に出ている女たちの話。ほとんどが外国からやってきた者たち。フレを目当てに蠅のように男たちが群がる、云々。そんな話はもう聞き飽きましたよ。うんざりです。

最近は店の景気がさっぱりのよう。この苦境をどのように切り抜けていいかフレにはわからない。あなたは、前回も前々回も、懇切丁寧に彼女に介護関係の仕事への転職を促しました。しかしながらそれは無駄な試みのように思います。そのような職種にフレが興味を示す確率は極めて低いでしょう。

彼女は今日も鋭い目つきで、あたかも挑むようにあなたをにらみます。あなたはというと、まるで、ネズミを飲み込んだばかりの猫のように押し黙っています。フレはあなたの手の中から私をもぎとり、ぞんざいにわしづかみし、毛を引っ張りました。私は心の中で悲鳴を押し殺し、彼女に、この野郎、と軽い悪態をつきます。フレは、ふーっと深いため息をついたあと、まくしたて始めました。

ああ、やっかいです。

彼女の民族と政府軍の最近の小競り合い、そのせいで彼女の故郷の親族たちとしばらく連絡がとれなかったこと。とりあえず両親や姉たちの無事は確認できたけど、弟がみつからない…。弟は、妻子を置いて二九〇キロ歩いて、隣の州まで行ったのはよいが、すぐに職にはありつけず途方に暮れている等々。

故郷の内戦についてのお話から、いきなり彼女が働く夜の店の話題に飛んだようです。何たる飛躍。彼女が勤務する飲食店にあのヤクザがまたやってきて、彼女のタトゥーを鼻で笑い、そのあと自身の和彫りの刺青を自慢してきたとかなんとか。お店の話題についてはやはり、いつも同じような話でうんざりです。様々な話を投げかけますが、実は彼女があなたの気をひこうとしているだけなのを私はよく知っています。

——ねえ、この前、少し話した、あの中年のジャパナウィと結婚しようと思うの。いなかでとれるカボチャのような巨大な顔をしたあいつ。大きな顔でもお月様のような上品な顔だちだったら許すのに。いなかのカボチャよ。でもお金はたくさん持っているみたいなの。いつかタテイシあたりにバーガーショップでも始めようかな。あなたはどう思う？

——そうかそれはめでたい話だ、聖母マリアが君を守りますように。

——なぜそんなにそっけないの。

——あ、そうかなあ、別になにも。

——最近のあなたはコレビス、魂を亡くしたぬけがら、何があったか知らないけど。

——今度の男とはうまくいくような気がするわ。

あなたは深いため息をつきました。とびっきりのニュースを提供したと自分では思ったのですが、驚きのない、あなたのいたって冷静な態度にフレは少し気分を害したようです。

私がフレのことを気に入らない理由は、彼女のそのガサツとも呼べる身のこなし、立ち居振る舞い、濃い化粧や香水の匂いのみのせいではありません。私をどこかへ売り飛ばすというとんでもない提案を頻繁にあなたに投げかけるからです。

——ねえ、この獣のかたまりのことだけど、こんな場所じゃなくて、博物館で展示してもらうのがいいんじゃないの？いや、もっといい考えが私にある。あの若い区議、名前なんだったっけ、私たちの、ハベシャ・コミュニティのことをとても気にかけてくれている彼に、これをおみやげといって贈呈したら、きっと喜ぶはずよ。

まったく許せない女なのです。私とあなたをひきはがすことなんて誰にもできません。もっとも、あなたは彼女のその提案を、鼻にもかけていない様子。今度そのような話をこのさくら荘で提案するのなら、このティグライ族の女の首に私は巻き付いて、きつく締めて、息の根を止めてやろうと思います。ウソではありません。本気でそう思っています。

私はさくら荘のチュルンチュル、あなたが今日少し元気がないのには理由があります。それはあなたが日中、ヤヒロの路上で出くわしたブダアイン、邪視のせいなのです。この種の邪視には、どこでも出くわします。見つめられるだけで、人の生気は吸い取られ、その人だけでなく、周りの者たちも不幸にするのです。気のせいなのでしょうか、近頃、この種のやっかいな眼に出会う頻度が増えているような気がします。

そうそう、廃油の回収作業中、スーパーの前でたむろしているジャパナウィの年配の女性たち数人が、氷のように冷たいまなざしであなたを射抜きました。あなたは何?あなたはいったい誰?我々の近所で何をやっているの?彼女たちの心のつぶやきが、ありありとあなたの耳には聞こえるのです。ああ、あの冷たい虚無の眼、邪視の眼を思いだすだけで私の毛のツヤは失われ、柳の枝のようにダラリと垂れ、萎れていきます。でもすぐに自らの役割を思い出し、精一杯の力を振り絞り、彼女たちの心の奥底に、あたたかいヌファスを送り込もうとしたのですが、なぜかうまくいきません。何も見なかった、何も決して見なかった、とあなたは自分に言い聞かせます。でもあの目はいたるところに潜んでいる。故郷の高原にも、ウシクのニューカンにも、街のいたるところにある冷たくぞっとするような断絶、拒絶、壁。男と女をわけ、街といなかを分け、ガイジンとジャパナウィを分け、裸足と靴を分け、草ぶきの屋根とアルミニウムの屋根を分け、空と大地を分け…。あの目の奥にある深い拒絶の世界に引きずりこまれないように、あなたは店の外のアスファルトに目をおとしながらも、私をふわりとはためかせました。

私はさくら荘のチュルンチュル。夜が少しずつ深まってきたようです。二人の男性の快活な会話が、さくら荘に近づいてくるのがわかります。テオドロスとグルマがやってきましたね。フレはあなたとの密な会話の時間をあまりにも早く邪魔されました。いや、会話といってももちろん、いつものように彼女のほうが一方的にぺらぺらまくしたてるだけ。フレはご機嫌ななめのまま、部屋に入ってきたテオドロスに軽くあいさつをし、そそくさとさくら荘を出ていきました。

さあ、下町のハベシャたちの柱であるテオドロスの登場です。彼は建物の一番太くて頑丈な支柱、ミソッソのような存在です。かつては航空会社の搭乗員として働いていたこともあります。てきぱきとして屈強なテオドロス。

最近テオドロスは、あなたといっしょに、ハベシャが活用する情報誌をつくろうと模索中なのです。協会のタケムラさんの協力のもと、ほんの数ページにみたないけれど、この国に来たばかりのハベシャにとって必要な情報をアムハラ語で書き連ねるとのこと。まずは教会の礼拝の情報。正教会からプロテスタント、そしてイスラム教徒にとって重要なモスクに関する情報も。あと、住居の情報。もちろん様々な職の紹介や、ハベシャがハベシャから購入する食材の入手先の情報のあれやこれも盛り込む予定です。

テオドロスの話を聴きながら、あなたに朝日が差しこみ、あなたの心が浮き立つのがわかります。テオドロスの横で、自動車整備工の俳人グルマが何やらこそこそしています。やせぎすな彼は、彼なりの下手で味わい深い俳句をアムハラ語で書くことを生きがいにしているのです。今日も新作をたずさえてやってきました。そう、彼はアムハラ語俳句を早く披露したくてうずうずしているのです。五七五の形式にならうわけではないのですが、短・長・短のフォーマットで、シンプルなアムハラ語の詩をつくるのです。それが俳句といえるものではないことは私もよく知っています。ブソンやバショーにインスパイアされて、なんとなくこしらえた詩であり、彼がそれをハイクと呼ぶなら、ハイクということでよいではないですか。

グルマは、あなたとテオドロスの会話のあいまに、まったく芸も味わいもないアムハラ語の句を口の奥のほうでぼそぼそとつぶやくように読み上げました。ハベシャ俳人のグルマの句に対して、あなたもテオドロスも、ぴんとこないみたい。白々しい空気がさくら荘の部屋に漂います。二人はいたずらっぽく無言でみつめあうと、グルマを差し置き、何事もなかったかのように、情報誌編集の計画について、また、来週計画されている区のサッカー大会を通した近隣の住民たちの交流について話をすすめます。

そうそう、そういえば大事な話を忘れていました。グルマは現在、難民申請を行っているところ。彼が経験してきた苦難の旅路の真偽について、実は私もそこまで深くは知らないのですが。グルマは最初、この国に留学生としてやってきました。祖国の政治体制の激的な変化のなかで、彼は学業を放り投げて、そのままこの国に居残りました。グルマの人生についてのお話の転身譜は、さらなる転身譜を生み出していくようです。

いずれにせよ、難民申請に関わる書類をそろえたり、書類の記入を手伝うのはいつもあなたです。あなたとグルマは、何度もニューカンに赴いたのですが、なかなか物事はうまくいかない。しばらくして、あの紙、通称ウォラカットゥ、そう、特定活動ビザをもらうことができたのはとりあえず良いことといってよいでしょう。だって、このウォラカットゥがあれば、医療費もカバーされるし、なにしろ正々堂々と働くことができる。でも、ここからがまたやっかい、やっかい。数カ月ごとにニューカンを訪問し、ウォラカットゥの更新を行わなければならない。交通費もばかにならないし、時間もとられる。おまけに態度の悪い職員や警備員たちも少なくない。ああ、ため息が出ます。

テオドロスとグルマがさくら荘を出るようです。玄関先で二人を見送る際、肌寒い夜の空気を私はせいいっぱい吸い込みました。夜の空気を吸い込んで、毛並みのつやが光沢をはなつのがわかります。二人はさくら荘を出て、いつものように商店街の路地と駅のあいだを振り子のように行ったり来たり、そう、シュルンシュルンするのでしょう。シュルンシュルン―何を目的とすることもなくぶらつくこと。それはまあ、散歩のようなものなのですが、ただなんとなく、人とのつながりを確かめあい、人のぬくもりにふれ、ゆきくれ、ただひたすら漂う、とでもいいましょうか。シュルンシュルン、シュルンシュルン。チュルンチュルがシュルンシュルン。まるでことば遊びのような響きですね。でもこちらは決してふざけているわけじゃありません。私はさくら荘のチュルンチュル。夜も更けてきたようです。あなたはまた、物思いにふけっているようです。高原のむこうに裸足の農夫たちがみえます。細くもたくましい両足で土を踏みしめ、牛犂によって畑を耕している。小高い丘の上から高原を眺め、竹製の笛を吹く幼いあなたがそこにいる。笛の音はかすかだが、テゼタ、すなわち郷愁という名の五音の音色を刻む。高原の乾いた空気のなかにその音がどこまでも伸びていくのです。

私はさくら荘のチュルンチュル。さてと、とってもとっても重要な日がやってきました。とても特別な日なのです。あなたはいつものスーツ姿ではなく、白い布で身を包みます。少し得意な気分で、私を握りしめて会をとりしきります。皆、白いコットンの布、ガビ、ナタラで身を包んで、この部屋に集まってきました。十二名ほどのハベシャが、カントーのあちこちからやってきて、狭い部屋に身を寄せあい、マスクを装着したまま、祈りを捧げます。白い布を羽織ったハベシャたちが、正面の壁に貼られたウォラディトゥアムラック、そう、聖母マリア様のポスターに対して、左側が男性、右側が女性とわかれて突っ立っています。そして控えめな声でメズムル、賛美歌を天にむけて捧げます。

なつかしい樹脂でできたお香の匂いがさくら荘を満たします。そうです、下町のアパートの一室が、正教会のお祈りの場所に変わるのです。とはいうものの、ここに牧師のような存在はいません。あなたの司会のもと、皆で小声で讃美歌を歌い、聖書の一節をつぶやき語り合うだけなのです。

最近、ジャナパウィの夫を亡くしたベザもいます。彼女は介護の仕事をやりながら二人の幼子をしっかり育てていくつもりです。彼女は、いつもおいしいインジェラ、故郷の主食のパンを焼いて持ってきてくます。ああ、おなかがすいてきました。

オオタのスバルの工場で働いているアブディッサは片道二時間かけてきてくれたようです。あと少ししたら、大学院の留学生たちもくるでしょう。フレ、グルマ、テオドロスももちろん来るでしょう。ランナーのアベバも来るはず。気になりますね。彼女はどんな気持ちでまたここに現れるでしょうか。

私はさくら荘のチュルンチュル。白い布を忘れたハベシャは、ヨハネスに声をかければよいでしょう。彼のバンのなかには儀礼用の布、スパイス、様々な生活用品がつめこまれています。それを少しのお金を出して借りればよいだけ。白い布、それは神のまえで身を清め、あなたの祈りを捧げる時の、とってもとっても特別な布なのです。

あなたは私をツァヴァル、聖水に浸し、部屋にやってきたハベシャたちにその水をふりかけていきます。人の身は穢れたもの。聖水によって清められる必要があるのです。

この水はタナ湖で生まれ、青ナイルをかけめぐり、紅海をいったりきたりし、世界をぐるぐるとかけめぐり、この街にやってきました。そうして、さくら荘の水道の蛇口からあなたのもとに届けられました。そう、神からのギフトなのです。

ツァバルに浸されることで、私は歓喜の悲鳴をあげます。私の体から放たれる聖水を受け、皆、両掌を胸の前で天に向け、恍惚とした表情でアーメン、アーメンと繰り返しつぶやきます。この国に根を張り、力強く生きていく仲間たちを、この飛沫で祝福するのです。わが敬愛する兄弟、姉妹たちに、イェグザベリイスタリン、神のご加護を、とね。それはそれは誇らしい気分。胸が高鳴ります。

全ての儀式を終えた後、あなたがいつものように私を空気中に舞わせながら、皆に告げます。

――どうか、このさくら荘の外で固まっておしゃべりしないでください。近隣の住人の迷惑になりますからね。くれぐれも静粛かつ速やかに解散するようにお願いします。黙した口に蝿は入らない。そうおしゃべりはあまりよくないです。

私はさくら荘のチュルンチュル。少ししゃべりすぎたと反省しています。

楽園

あなたに伝えたいの
私もあなたと同じだった
最初から具体的な計画や夢があったわけじゃない
ただ漠然と　より良い生活にあこがれただけ

そんなとき その男が現れた
ティグリンニャ　アマリニャ　アラビンニャ　いろんな言語を器用に操るあいつ
痩せぎす　ドレッドヘア　目の下に深い隈　おでこに斜めに深く入った傷
そして市場のゴミ溜め場のような饐えた匂い
三千ドルさえ払えば砂漠を突っ切って楽園に運んでやるよ
たくさんの人たちを送り届けたのさ　と彼
私はたちまち彼の話に惹かれていった

そこまでにはどのくらいの時間がかかるの
まあ一週間ってとこかな

絶対行っちゃだめ　と母
たくさんの人が道中すごくひどいめにあって死んだ
娘よ　なぜ自ら地獄につきすすむ
そういう母は貧しく　仕事と呼べるような仕事をしていない
誰が何と言おうとも　私が外国で稼いで母に送金する必要があるの

明朝　彼のピックアップトラックの荷台に乗った
ナツメヤシ　砂糖　煎った大麦　そしてたっぷりの水が入ったペットボトル
でも　男は私たちが持参した食料のほとんどを捨てた

私たちを乗せた数台のピックアップトラック
ひとつの荷台に三十人　キャパシティの三、四倍
私たちはビニールシートで覆い隠され　まるで売り出される家畜のよう

でこぼこ道をかっとばすトラック
ひどい悪路　無謀なドライブ　車から転げ落ちる人々
ある者は恐怖の叫び声をあげながら　ある者は疲れ果てて　地面に吸い込まれる
絶望は黒い膿となり心の中で渦巻いた
落ちゆく者を誰一人助けることのない　ああ　砂漠をかけめぐる狂った野獣

そしてばったり灰色の海に出会った
海は猛り狂い嗚咽していた
そこで三日間待ったの
やっと少し波が穏やかになり　おんぼろ船はたよりなくこぎ出したけど
岸につく前に我々はゴミのように海に捨てられた
引き返す船　そう　さらなる移民をみつけて楽園へ運ぶためにね

岸には新たなブローカーが待ってた
トラックに飛び乗るように私たちをけしかける彼ら
荷台に再び家畜のように押し込まれ　シートで覆い隠された
食べ物も水もない

そして灼熱の砂漠　砂漠　砂漠　そして砂漠
水分を搾り取られ　ひからびてカラカラ
道中たくさんの遺体があちこちに転がってた

危険でめちゃくちゃなドライブのはて　とうとう楽園の界隈に近づいた
ここで私たちは金を払うよう求められた
払わない限り　拷問　レイプ　むち打ち　なんでもあり
移民が移民を奴隷として売り出すのもみた
移民を奪い合うブローカーどうしのけんかもみた

ボーダーを越えるタイミングを見計らって夜になるのを持った
深夜　決行のとき　ゆっくり落ち着いて歩き始める
一時間ほど歩いたでしょうか　とうとう楽園の玄関についた
何人かはゆっくり丁寧にフェンスを越えていった
何人かはワイヤーにふれてしまいアラームがけたたましくなり始めた
兵士は叫び　我々に引き返すよう命令した
兵士は銃を撃ちながらゲートを開け　私はなんとか楽園にすべりこんだ

楽園では小さなカフェのウェイトレスとして安月給で働いたのよ
おもったほどにはかせげなかった
たくさんの者たちが砂漠で命を失くすなか　たどりついた場所
でも楽園は砂漠の延長
そして私は朽ち果てた

だからあなたたちにはその旅を絶対に思いとどまってほしい
命を失くすか　心も体もボロボロになり抜け殻になるだけだから

エチオピアのティグライ人女性、テルハス・ブラハヌ氏（二九歳）による旅の経験（エチオピア、スーダン、エジプト、イスラエル）についての語りに基づく。エチオピア、ティグライ州メケレにおいて、二〇一八年八月。

神話の息吹

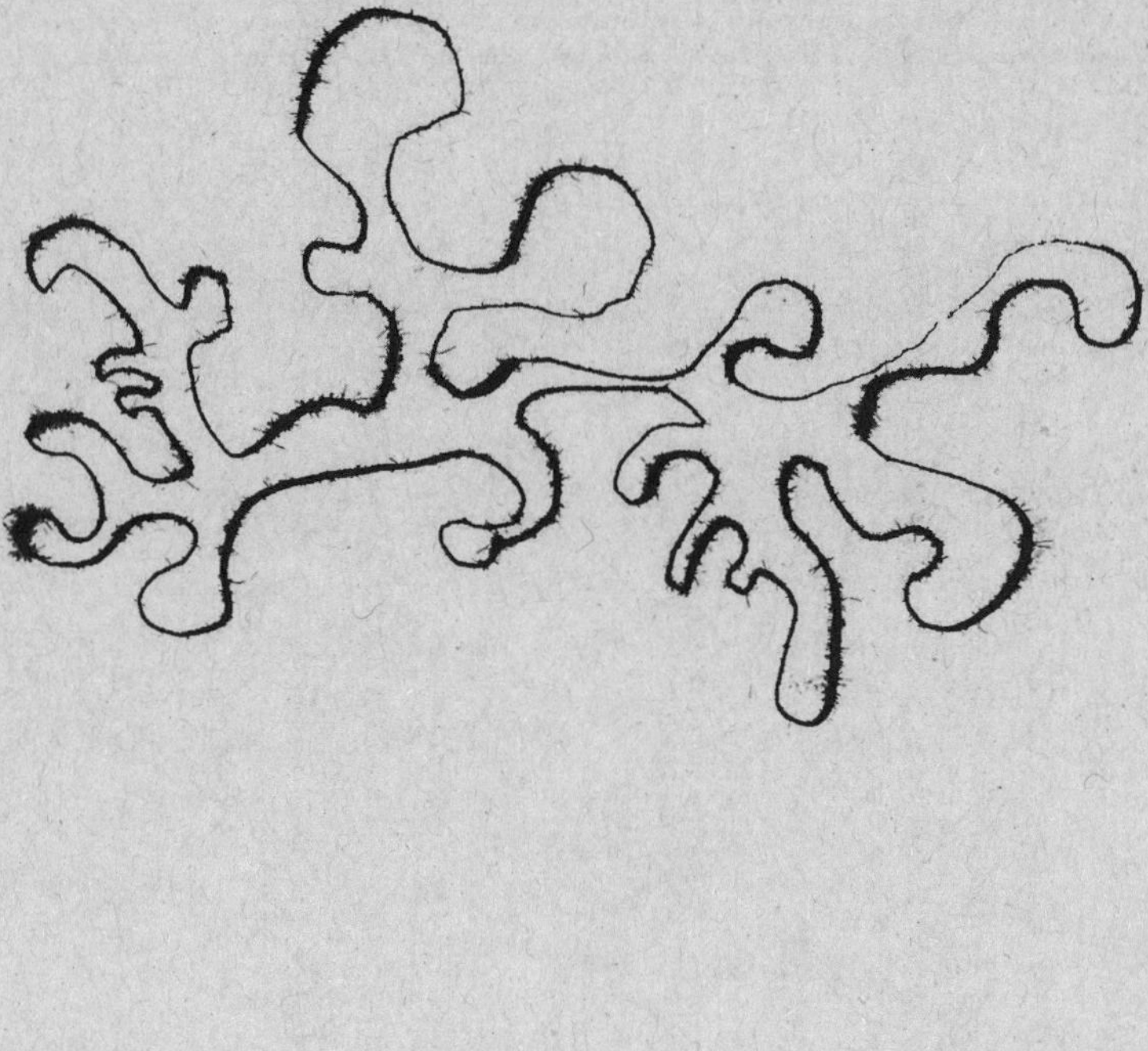

虹の蛇

そしてある朝、僕は君を書き上げた。午前四時四十五分。世界はまだ寝静まっている。パソコンから目を離し、天井を見上げ、心の中で叫んだ。その叫びを心の内側だけに押しとどめることなどできなかった。僕の胸のあたりから呻きが漏れ出て大地を揺らし始める。建築家の意思に背き、自らを増築し続ける建築物のような君であった。君は僕の中で大きくうねり、のたうちまわり、閃光を放ち、金粉を撒き散らす魔物だった。その生き物はあと少しで僕という存在を食らいつくすところだった。食うか食われるかの戦いを経て、君になんとかカタチを与えたとでも言うべきかもしれない。しかしついに別れの朝がきたのか。いざ別れるとなると、少し寂しく、名残惜しいのも確かだ。だからといって、べたべたしたウェットな別れは嫌だ。ドライにいこう、ドライに。しめきりぎりぎりだ。さあ、僕は君をこれから新幹線に乗せて運び、出版社の編集者Kに届けるのさ。メール添付で君を送信するのではなく、僕自身がこの両手で君をがっちりと掴み、連れていく。Eメールなどという代物で君を送信しようものなら、君は宇宙の密林にスルスルと逃げ込み、その姿を永遠という時間の襞の中に隠してしまうだろう。君は青黒い荒れ狂ったイメージの海で捕獲された大きな獲物。君を編集者に差し出すのさ。どさっと、勢いよく渡そうか。Kの前に放り出された君は、ひどい臭いを放つだろう。黙示録的な時間を生きる人類の迷い、欲望、哀しみを存分に吸い上げ発酵した異様な臭気だ。僕に書くことなどできるはずはない、と高を括っているKは、きっと驚くだろう。Kが君の臭気に顔をそむける姿を思い浮かべるだけで、おもわず厭らしい笑みがこぼれ出てしまう。

しかしこの半年間の僕は座礁した船そのものだった。君にカタチを付与するという営みに僕はどっぷりと埋没していた。それは暗闇の沼地の底を這うような時間だった。しかしうまく言い表せないが、生ぬるい泥沼に肉体も心も絡み取られ、もがきつつ、そのどうしようもない、先行きの見えない絶望のなかに、実は心地よさすら感じていたのだった。

自由席のチケットを二枚買う。早朝の駅のプラットフォームの人は少なく、真冬だというのに生暖かい。君はうつむき加減で佇む。キオスクでタマゴサンド、千枚漬け、缶チューハイを買って君に与えた。新幹線の車両に乗ると、君はうつむき、しくしくと泣き始めた。泣きながら千枚漬けを素手でつかむ。君の右腕から汁がつたい、零れ落ち、座席を濡らしたが君は全くおかまいなし。そうして君は、君自身がいかに中途半端で、不完全かということを切々と訴えかけてきた。僕の筆致のトーンが研究者による報告書や論文の類であり、まったく気に食わない、僕が一種の職業病におかされている、と。こちらが少し頭にくることまで躊躇せずに述べるのであった。

ガラガラの自由席車両。三人掛けの席の真ん中を空け、君は窓際、僕は通路側に座った。君はただぼうっと車窓から広がる景色を眺めていた。しばらくすると君は、僕の眼をじっとみつめながら語り掛けてきた。それはあたかも、僕の背中の向こうにひろがるさらに広い世界にリーチするかのようなまなざしだった。まだあのことを書いていないだろう、君はつぶやいた。しかし僕には“あのこと”というのがいったい何のことを指すのかさっぱりわからなかった。車窓からの景色は、突然暗い夜の砂漠に変化していった。君はたじろぐこともなく、僕にはわからない言葉で、何やらぼそぼそと語り続けた。僕はあえてそれを聞き直すことをしなかった。窓の外には白い砂丘が広がり、それは生きているかのようにうねりはじめた。砂が一方向に向かって流れていく。君は黙ってしまった。我々の間の席に深い谷が存在するかのような感覚に包まれた。その谷底から冷たい風が吹き上げてくる。君はふと立ち上がり、トイレに行くという。僕は君がどこかへ逃げてしまうのではないかと少し考えた。だがしかし、そのように考える自分を卑しくあさましいと思った。数分後、君は何事もなかったように戻ってきた。ふと気づくと、車両であったはずの空間が、長いトンネルになっていた。君はその先へ先へ、颯爽と歩いていく。トンネルは先に進むにつれて細くなり暗くなり湿っている。上からしずくが滴り落ちている。水滴を避けながら君と僕はゆっくり前進する。かび臭い匂いがあたり一面に充満する。トンネルはさらに細くなっていく。僕はなんとなく、後ろに引き返すことが選択肢にないことを知っている。トンネルは、幼い頃遊んだプールに設置された、チューブ状のすべり台を思い出させた。

従妹と戯れながらすべっていく。水しぶきをあげながら、チューブの中をすべり落ちていくようなわくわくする感覚がよみがえってきた。我々はどんどん加速していく。すると広い空き地に出た。いやそれは美術館か博物館の収蔵庫のような場所。そこには巨大な棚が並んでいる。翼を剥ぎ取られた神話たちが小声でささやきあい、様々な夢や絶望を語り合い、共鳴し合い、それがさらなる神話を生み出していた。神話たちは、さあ記念撮影をしようか、と我々二人に呼びかけた。神話たちは君と僕に、エチオピア正教会の修道士ヤレードが経典を読むようなポーズをとるよう促すのであった。ヤレードは、小鳥のさえずりから天の啓示を受け取り、讃美歌や儀礼音楽の体系をつくった聖人である。神話たちはプスプスと音を立てて発酵し、マグマのように収蔵庫からあふれ出ようとしはじめた。君はにこやかに、森の奥の広場に僕を案内した。広場の真ん中では、三十人程の大人たちが冷たい土の上にしゃがみ込み、神妙な顔つきで一人の人物の演説を聴いている。男性による力強く野太い声であるはずなのに、その声の主はなんと、十歳ぐらいの赤い髪の少女であった。君は僕に軽く目で合図をし、人々の輪の中に入ろうとうながした。我々はしばらく、人々とともに少女の語りに耳を傾けた。

掘り続けなさい。ひたすら潜り続けなさい。まばゆい光の鉱脈に辿りつくまで。その先には、虹色の大蛇がとぐろを巻いている。この蛇の生命については、世界中の様々な神話や伝説が伝えてきた。虹の蛇は人々の言葉や歌、あるいは語りとも唸りともいえない声を通して、その生命を持続させ、図像や造形を通して増殖し、変奏し、時空をはてしなく這い続けてきたのだ。天と地を創造し司る神であると同時に、宇宙の密林に嵐を巻き起こす魔神。あらゆる創造と破壊の主。それは時を止め、反転させ、星々を呑み込み咀嚼し、大きな胃の中で全てをシャッフルし、吐き出し、大小様々な宇宙を再び生み出し、世界を思いのままに稼働させることすらできたのだ。やがて一神教的な世界が到来し、地球規模的な広がりをみせた後、虹の蛇は人々から排除され、忌み嫌われながらも、畏れられ、崇められる存在であり続けた。この生き物のふるさとへと続く鉱脈が、まるで毛細血管のように惑星の隅々にまで伸び、脈打ち、様々な洞窟壁画や多種多様な説話や歌から、そのしなやかな〝イメージの生〟、すなわち虹の蛇の転身譜を解き放っている。その輝きとカタチを具現化することができる媒介をみつけるごとに、蛇の鱗は虹色の輝きを増し、大きな光の渦を巻き起こしていく。しかしその光を媒介することは、媒介者自身の存在を崩壊させ解体させる、恐ろしく、そして時に甘美な危険をはらんでいる。吟遊詩人、あるいは霊的な力を持つ職能者、様々な宗教の始祖とされる者のなかには、自らの命を賭して、この鉱脈にアクセスする技法を習得した者がいる。しかしこの技法が継承される過程において、その技法の真正性についての政治的な争いが継承者の間に度々発生してしまう。イメージの生の脈動は、蛇の転身譜は、あたかも最初から何もなかったかのようにその場から消え去り、宇宙の密林に姿を隠してしまう。

ほら、横断歩道の信号が青に変わる直前にあの青年が口ずさんだ歌、地下鉄の中であなたの頭の中にふと飛来してきたどこの国の言葉かも判別できないフレーズ、袋小路のアスファルト上に子供たちが小石で描いたわけのわからない落書き。それらは虹の蛇のふるさとにつながる、光の鉱脈へと続く長いトンネルへの入り口である可能性を秘めている。

ふと気づくと僕は、君によって編集者Kのぶあつい掌の中に差し出されていた。何かから解き放たれたかのような、憑き物が落ちたかのような軽やかな笑顔の君。君は立ち去る前に僕に言った。

やっと夢から覚めたね。あなたの旅が実り多きものになりますように。もし時間があったら、たまには手紙でも書いて近況を伝えてね。

あっけにとられた僕は、君の尻尾が虹色のまばゆい光を放ちながら、雲の切れ間にスルスルと吸い込まれていくのをしばらく眺めていた。

乳房からしたたる涙

そうそう、これはあなたにだけ伝えるお話です。誰にも伝えないという約束をするのなら語ってあげましょう。神すらも誕生する前の、ずっとずっと昔、いにしえのお話です。砂塵のように細かな神話の種子たちが、まだそこらじゅうを融通無碍にただよい、戯れあっていた頃のこと。宇宙の卵、生命の兆しは、大きな一匹の蛾によって育てられていました。白い巨大な蛾です。その蛾は、分厚い翅で宇宙の卵をくるみ、とほうもない年月、辛抱強く育てていました。ある朝、蛾は自分の死が近いことを悟り、横たわりました。自身の肉体が朽ち果てていくのを待つだけだというそのとき、獅子の顔を持つ娘が現れ、竪琴をゆっくりと奏ではじめたのです。竪琴の旋律を合図に、蛾は最後の力を振り絞り、普段よりずっしりと重く濡れた翅をひろげました。翅をひろげるとともに、瀕死の蛾は、それはそれはなまめかしくも高雅な匂いをあたり一面にはなちました。この高雅な香りとともに、生命の兆したちは各々に飛び立ち、旅をはじめました。その瞬間のなんて素晴らしかったことでしょうか。蛾の前翅についた六つの乳房からは赤ワインのような涙が滴り落ちました。涙がこぼれ落ちた場所は、赤い蜜が湧き出る泉となったのです。蛾の遺体のはなつ高雅な香りと蜜の甘い匂いは混じり合い、あたり一面に広がっていきました。生命の兆しの一人は、ダンゴムシとなってそのなんともいえぬ匂いに誘われてやってきました。いや、戻ってきたというほうが正しいでしょうか。ダンゴムシはそうすることが当然というように、泉の奥の世界をのぞき込みました。獅子の顔をした少女が言いました。そこは蜜の姿をした虚無の子宮。虚無の深淵をのぞきこんだら、あなたの心も闇のようにまっ黒になってしまい、そこから歴史や宗教や経済という、やっかいな神話が生まれて、そこらじゅうを身勝手に環流してしまうのよ、と。しかしながらダンゴムシにとって、獅子の顔をした少女の忠告を素直に聞くには、赤い蜜の味はあまりにも甘く、魅力的なものでした。ダンゴムシは蜜を飲むことで、甘い匂いを自身がはなち、輝き、とてつもなく大きな存在になれると思い込んだのです。ダンゴムシは、友人であるイモムシの力を借りて、三日三晩、蜜を汲み出しつづけました。汲みだされた蜜は、それはそれは大きな川となって、そこらじゅうに流れていきました。流れは無数の様々な川に岐れ（その一部はあなたもご存じの、天の川になったのです）、毛細血管のようにあちこちに伸び、やがて脈打ち始めました。それが脈打つたびに世界は虹色の鱗粉で覆われたのです。そんなある日、イモムシは突然、懸命に蜜を掘り続けるダンゴムシを滑稽に思い、泉のなかにダンゴムシを突き落としてしまったのです。魔が差したとでもいうのでしょうか。そうして鉛の蓋をし、ダンゴムシを泉の中に閉じ込めたのです。ああ、なんということでしょう。ダンゴムシは身を丸くし、真っ暗な世界に転げ落ちていきました。ダンゴムシは恐怖に打ち震え、泣き叫びながらもなんとか這い上がり、泉の外に出ようと試みたのですが、鉛の蓋はとても重くびくともしません。そこへ一匹のさそりが現れ、ダンゴムシに、蓋を開けるのではなく、泉の奥をさらに掘って進むよう促しました。言われた通りに掘り続けると、そこにはなんと、吸い込まれるような青空が広がっていたのです。青空には、ムカデのように無数の足を持ったアルパカが、せっせせっせと歩行していました。その歩行はあてのない、あてずっぽうなものではなく、天空に延々と刻みこまれた、蛾の乳房から流れた涙の水脈をつたうものでした。ダンゴムシは、アルパカによるその規則正しい歩行をとても頼もしく思い、とりあえずアルパカについていくことにしました。すると、獅子の顔を持つ娘が、竪琴を奏でながら、天使たちを創造しようとする場面にでくわしたのです。つくられたばかりの天使たちはとても不安そうでぶるぶる震えていました。獅子の顔を持つ娘は、私がお前たちを創造したのだ、さあ、この竪琴の音色に従い、私についてきなさい、と声高に叫んでいるようでした。どうやら、彼女の私有地であるという、たくさんの柵のある牧場で、天使たちを飼育し、そこから歴史をじっくりつくりあげようという壮大な計画のようでした。ダンゴムシは、普段とは全く異なる彼女の態度や声色に驚きながらも、体を丸め、とりあえずこのやりとりを傍観することにしました。獅子の顔を持つ娘の言う事を、まったく信じなかった天使もいましたが、幾人かは娘の言葉が本当か嘘かわからず、途方にくれていました。そんななか、ある天使が不安そうな顔で娘に言いました。あなたがほんとうに創造主なら、人をつくって見せてください、と。そんなのはおやすい御用だ、と言って、娘はみるみるうちに、人間の体をつくってみせました。しかしながら、それらにはなんと、魂がなかったのです。魂が抜け落ちていたのです。みるにみかねたダンゴムシは、ついに天使たちに言いました。娘が奏でる竪琴の音色ではなく、虹色の鱗粉の輝きのリズムに呼吸を重ねなさい、と。ダンゴムシのその冷静な助言を聞き、天使たちははっと我にかえりました。娘は顔を真っ赤にさせて怒り、その熱さで、獅子が顔から剥がれ落ちてしまいました。獅子の顔を持つ娘だと思っていたのは、実は一匹のアヒルだったのです。アヒルは何事もなかったかのように、赤い蜜が湧き出る泉を探しに旅立っていきました。呆然とたちつくす天使たちをひきつれて、ダンゴムシはまだ乾ききらない鱗粉のかけらをひろいあつめ、それを世界中にまくことにしたのです。鱗粉のかけらは、まきちらかされるたびに輝き、カランコロンという乾いた音を響かせました。それらのかけらは、神話の種子となって、長い時代を生き延び、脈打ち続けることになりました。それらの種子を受け取った吟遊詩人に語られることによって、その種子はさらなる神話を生み出し、世界中にはりめぐらされることとなったのです。太陽も月も生まれるずっと前のこと。そうです、とほうもない、気の遠くなるような大昔のお話でした。そうそう、世界の創造の秘密について知ってしまったあなたも、きっとそのうち、鱗粉をはなつようになるでしょう。それは、蛾の乳房からしたたる涙が、あなたの中にどくどくと脈打ち始めた証なのです。

影の飛翔

血のような色の夕日に照らされながら、私の影は石畳の路地をどこまでもまっすぐに伸びていきました。そのとき私は、何か柔らかいかたまりにつまずいたのです。そのかたまりはもぞもぞと動き、低い声でうめき声をあげたのですが、それはなんとグレーの布で全身を纏った小柄で皺くちゃな老婆だったのです。彼女は石畳の上に、持ち主の無い、捨てられた人形のように横たわっていました。彼女の口もとには、ほこりっぽい虚無が胚胎し、その深い憂いをたずさえた眼は、かつてのディスコテークのミラーボールのように俗っぽい光を放ちながらくるくると回転しはじめました。そこには、彼女の人生が映し出され、彼女は大きなくしゃみともに息をひきとるところでした。飢えたハイエナに姿を変えた闇夜がすかさずやってきて、静寂と闇の海底に、彼女の小さな体をひきずりおろそうとしました。私は足早にそこを通りすぎるつもりでしたが、私の影は、おせっかいなことに、息絶えたかと思われた彼女と楽しそうにおしゃべりに興じはじめたのです。なんということでしょうか。影は相槌を打ったり、へえっと驚きの声をあげたり、また、笑い声を押し殺しながら低い声でつぶやいたり、たいそう熱心に彼女の言葉に聞き入っていました。闇の冷気が私の頭からつまさきまでじわじわと包みこみ、私を夜露に変えようとしました。これはいけません。私は影を急かし、その場を慌てて立ち去ろうとしたのですが、困ったことに、影は老婆からなかなか離れようとしないのです。影を置き去りにしてその場を去ろうとすると、影はあわてて私のそばにもどり、ふーっとため息をつくと、私が吸いかけたタバコをさっと掠め取り、おいしそうにふかすのでした。影は彼女を、いやその路上のかたまりを、未練がましくふりかえりながら、しぶしぶ私についてきました。影によれば彼女は、戦場にいる息子に伝えてほしいと、ある歌をくちずさんだというのです。それはどうやら、息子が幼かったときに彼女が歌った子守歌ということで、どこかで聞いたことがあるような懐かしい旋律でした。影は口笛をはさみながら器用にその歌を歌いました。まるでフェイルーズのゆったりとしたメジャー調のバラッドのような歌。人の心の底に沈殿した歌を収集するのが、影の不思議な癖であったといえます。ところで、影の表面はざらざらとした感触を持ったかと思えば、ひなの羽毛のようにやわらかくなり、魚の鱗のごとくぬめり、鈍く発色することさえありました。また時には、香しい乳香のような匂いをただよわせ、そうかと思えば、成人の体臭のような嫌な匂いを発しました。夜になると影は、今日はこんなのが獲れた、あんなのが獲れたと、その日に集めた歌を私の耳元で無邪気に口ずさみます。徐々に興が乗ってくると、私の身体から二、三メートルも乖離し、くるくると回転しながら踊りはじめ、私を踊りに誘うのでした。なかなかチャーミングなところもあるものです。影はまた、拾い集めた歌や旋律を束ねて気球の中に詰め、タンポポの綿毛のように青空を飛翔するのが夢だ、などと、冗談とも本気ともつかないことを話していました。その時の影の、はにかむような表情やしぐさをはっきりと覚えています。私は強い日差しから逃げるように、巨大な市場をさまよい歩いていました。影は深く濃く、大地を溶かし、そこに大きなくぼみをつくりました。疲れはてた私を引きずるかのように、影は市場の迷宮を悠々と闊歩していきます。その市場には手に入らないものはなく、全てが揃っていました。強烈なスパイスの粉末と腐った肉の匂いが混じり合い、私の鼻腔に侵入します。私はおもわず、魂が鼻の穴から抜けでてしまうかのようなくしゃみをしました。濃密な空間に潜りこみ、奥へ奥へと入って行くと、そこは職人たちの楽園でした。ところどころで鍛冶屋がトンカチやって、宗教や社会を創造しています。神話を解体して草履をつくる職人がいれば、気候を司る皮なめし、時間を織る機織りが仕事の手を休めて、私と影の、そのアンバランスで滑稽な関係を凝視しました。私はこれらの職能者たちの堂々としたたたずまいとその立派な仕事ぶりを前に、自分がちっぽけでどうしようもなく怠惰な存在に思えてしまい、気後れしました。さらに市場の奥へ奥へと進みます。するとこれまで意気揚々と闊歩していた私の影が、とつぜん青ざめた表情で髪の毛を逆立てながら、このあたりはスリたちの気配にあふれている、いま来た道をまっすぐに戻ろうと言いだしたのです。ドロボーなど慣れたものさ、簡単に撃退するから心配するな、と私は影に言い聞かせたのですが、影はどうやら落ち着きません。するととつぜん、私の正面からやってきた、ある端正な顔立ちの若い男が目の前で大きなくしゃみをしました。至近距離で、とても迷惑な話です。男は「ごめん、ごめん」と言って、私の上着に付着したであろう飛沫を迷彩色のハンカチで丁寧に拭きとろうとしました。くしゃみについては迷惑な話ですが、その後の男の対応は極めて紳士的かつ丁寧でした。そこまでしてくれなくてもよいのに、と思ったその瞬間、私の後ろに回り込んだ男は、レストランのウエイターがテーブルクロスをさっと交換するかのように、私から影を抜き取ったのです。バランスを失った私は、軽いめまいを覚えながらも、ドロボー、と叫びました。男の掌にがっちり生け捕られたかに見えた私の影は、男をあざわらうかのように彼の手をスルリとすべり抜けました。そしてまっすぐ垂直に空に舞い上がり、小さな雲のかたまりになって、頭上から雨を降らせたのです。いわゆる、天気雨というやつです。一瞬のできごとでした。男は掌を閉じたり開いたりしながら、うらめしそうに上空をみあげたかと思うと、すぐに、市場の迷宮の奥へと消えていきました。私はといえばあっけにとられ、しばらくその場に呆然と立ち尽くしました。影はどこへ行ったのでしょうか?これがドロボーと影が結託して仕組んだパフォーマンス、あるいは奇術の類であるのなら、なんと見事であっぱれなことでしょうか。

さて、影を失ったからといって、その後の私の生活に特に大きな変化があったわけではありません。なんらかのドラマティックな展開や、洒落たブレイクスルーも残念ながらありませんでした。ただ正直に告白するのであれば、影を失って以来、自らがなんとなく未完成で、不格好な存在になってしまった気がするようになりました。とりとめもないささやきや会話、その特徴ある口笛が私の生活から突如消えてしまったことに、とまどいが無かったといえば嘘になるでしょう。実はその後、失った影を探しに泥棒市をぶらぶらしたこともあります。影をみつけることができませんでしたが、以前から欲しかった腕時計を手に入れることができました。すぐあとで偽物だと気づいてがっかりでしたが。また、ホウ酸塩鉱物と自身の哀しみや欲望など、様々な感情を混ぜ合わせて、新たな影をこしらえようと試みたりすることもありました。しかし私はこの時、手にひどい火傷を負ってしまいました。この方法は絶対に人にはすすめられないでしょう。

私の友人たちからは、影についての様々な話を聞きました。私の影に似た人物と街ですれ違ったとか、革ジャンをはおり、教会で礼拝していたとか、場末のバーでシェイカーをふっていたとか、タンゴ教室でインストラクターをしていた、とか等々。ただ、そのような話は、友人たちが私を慰めるための、他愛もない作り話にすぎないと思うのです。私から影を掠めとろうとしたドロボーに対して、なんらかの恨みがあるわけではありません。それよりも私は影が、かつて私に話して聞かせように、人の心の底に沈殿した歌や旋律の類を集め、本気で空に飛び立ったのだ、と考えるようになりました。私はそう自分に言い聞かせて、自分を安心させていただけなのかもしれません。

影へ。ひとこと私に近況を伝えてください。手紙でもメールでも電話でもＯＫ。元気で自由にやっているのなら、特に連絡をくれなくてもよいです。あなたの健康とご多幸を祈りつつ。

宴

ある朝 右耳の奥の鼓膜に穴があいた
松明を片手に恐る恐る穴の中にはいっていくと
トンネルの壁には無数の掌によって現代文明が描かれていた
さらに奥へ進むと そこには鬱蒼とした森がひろがっていた
音のない雷鳴は空気を刻み震わせ 色のない虹は夜空を染め上げていく
獣たちは息をひそめてこちらの動きを注視する

焔が巻き起こり天蓋を貫くと
真っ白い面をした老人たちは手をとりあい大きな輪をつくり
焔を囲みながら夜通しサークルダンスに興じた
踊れ 踊れ 灰になれ　踊れ 踊れ 灰になれ
怖くなった私は踵を返し 先ほどの穴の場所まで駆け戻った
穴はその時まさに閉じようとしていた
なんとか顔だけねじこめたが体が抜け出せない
神々はほくそ笑んで私にたずねた

そのまま満月となって遠吠えを続けるのか
読み解かれることのない文字として次の文明を待つのか
聖フランチェスコの曇りなきまなことなって世界を射抜くのか
私はすかさず答えた
飛沫となってそこらじゅうにちりばめたいと思います
たんぽぽの綿毛ぐらい軽やかな詩をね

神々はげらげら笑った
するとまた世界は産声をあげ
それは耳の奥でこだまし
星々の数だけ穴をあけた

歌へ

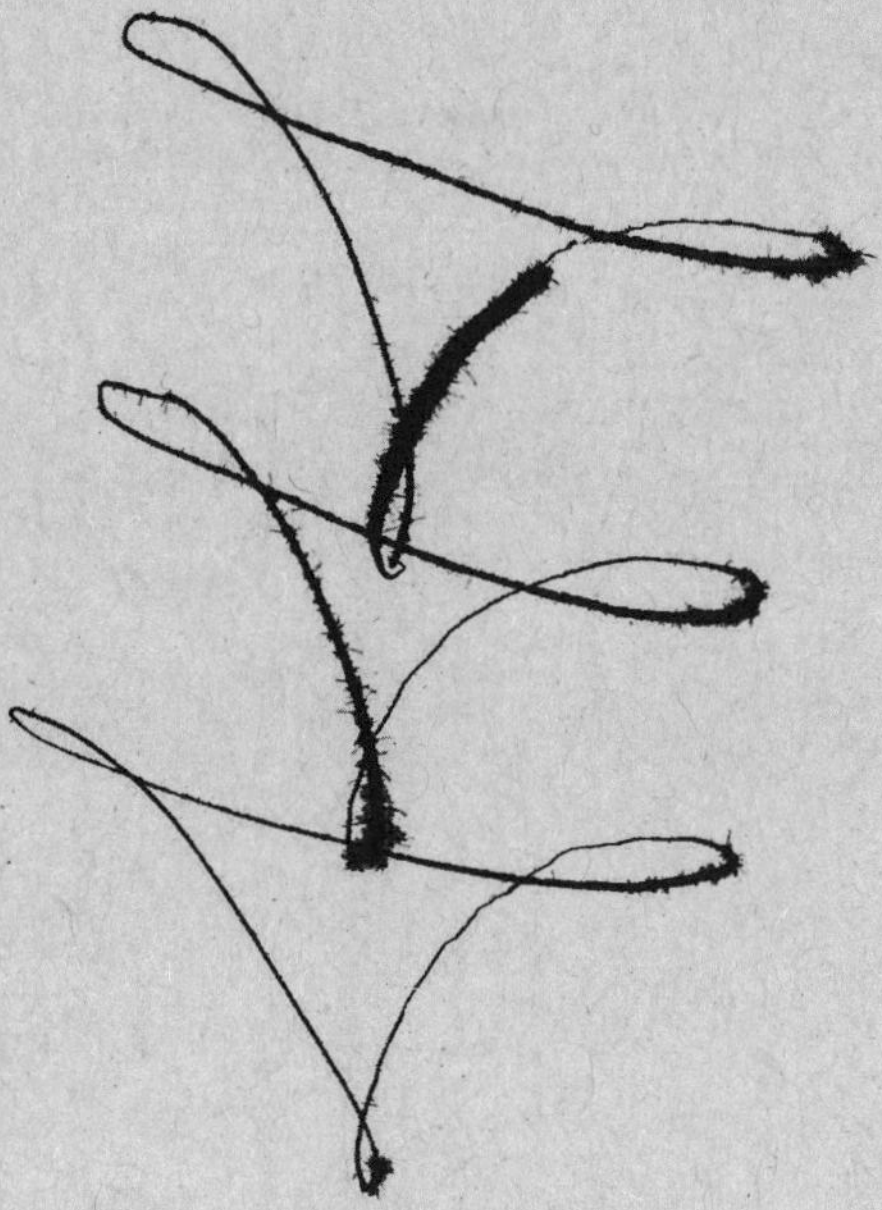

ちょんだらーに捧ぐバラッド

ちょんだらーよ
聞得大君（きこえおおぎみ）の屋敷を訪ね　首里の御殿で門付けをする君たち
王府の偉いさん　そして士族の家々を廻り披露する芸の数々
コミカルなあいさつにはじまり　祝詞を投げかける
そして扇子舞　人形劇　枡踊り　鳥刺し舞　獅子舞
色とりどりのお面　かわいらしい人形　勇壮な獅子

次々とたたみかけるのさ
めでたいめでたい芸の数々
世果報（ゆがふう）の願い
ばらまけばらまけ　福をばらまけ　そのみごとな扇子さばきで

君たちは言う
お布施をくれるならば　今日から三年間は安心安心
厄難がはるかむこうに遠ざかる
お布施をもっとはずませるならば
厄難たちは血相を変え　さらにむこうに逃げていくだろう
四年五年　いやもっとずっと長い間大丈夫だろう
縁起が良い君たちの芸にかなうものなんて何もないのさ

君たちは王府の庇護をうけていたという
王府から土地や役職まで受けとったという
君たちはパトロンを良い気分にさせ褒美をもらった
でも王府や士族なきあとはどうなったんだろう
君たちのことを誰が保護し守ったんだろう
いったいなにが起きたんだろう

さらにいっぱいいろんな問いが生まれてくる
どんな生活をしていたの
どんなふうに人々とやりとりしていたの
いったいどこから来たの
芸の営みは世襲によって受け継がれたの
遊行の民　漂白の民　季節労働者
君たちはいったい誰

いや待てよ　僕はどこかで聞いことがある
ずっとまえにどこかで会ったことがある
トランシルヴァニアで
全州で
川場村で
そしてエチオピア高原の街々で
君たちはアフリカから来たのかもしれないし

東ヨーロッパからやってきたのかもしれない
いや朝鮮半島かもしれない
芸の内実はぜんぶちがうけど
この世界のどこかに　ちょんだらーの鉱脈があるのかもしれない
その鉱脈から時空間を大股で跨いで
ちょんだらー的存在が　時々ひょっこり頭を出すのかもしれない
いたずらっぽい笑顔で　こちらを向いて　やあ　とあいさつしながらね

伊良皆の芸能保存会のみなさんのちょんだらーをみながら
僕は　薄明のエチオピア高原を旅していた
その高原の街々では　今も路上に酒場にちょんだらーが生きている
僕はアフリカのちょんだらーと旅をしてきたのさ
日が昇る前の薄明の高原
呪文のように響く男性の声
そこに歌詞のない女性の歌がおおいかぶさりのびていく
またそこに男の声が重なってく

男女の歌のかけあいが延々と続く
雨季のはじめのエチオピア高原にやってきたラリベラの夫妻
早朝に家々の軒先で歌い乞い　家の者から金　食物　衣服などを受け取る
ラリベラはその見返りとして祝詞を与えるのさ
生のはかなさを説いて各地を旅する吟遊詩人
歌い始める前の周到な地域へのあいさつはお見事お見事

そして楽師アズマリ
今日も弦楽器マシンコを奏で歌う
街々を旅し　場末の酒場　市場の雑踏を流しながらね
目のまえにいる酔っ払いをほめ称える歌さ
昔は王侯貴族に抱えられた楽師のアズマリもいた
パトロンたちは気に入ったアズマリに土地を与え　冠位まで与えた
仮面も人形も扇子もないけど
エチオピア高原のちょんだらーたちの
人々とのコミカルでたくましいやりとりにずっと魅せられてきたのさ

ところでちょんだらー
ああ　それはなんてすばらしいひびきの言葉
君たちにみくだすような視線をなげかけるやつがいたとしても
君たちを邪険にあつかうようなやつがいたとしても
ちょんだらー　というそのことばの響きで
厄難をすぐに撃退するような気がしてきたぞ

でも実際のところはわからない
誰にも分らない
君たちのほんとうの姿

そういえば　知ってるかい
実は今　読谷村伊良皆芸能保存会のみなさんが
ちょんだらーの伝説に命を吹き込んでいる
保存会の上地正勝さんの情熱はすごい

上地さんはいっぱいいろんな文献を調べてね
そのたくましい想像力によって君たちをよみがえらせている
首里王府で誇らしく門付けをおこなう君たちが
目の前にはっきりとうかびあがるのさ
ちょんだらーの鉱脈が脈打ち始めた

そして君たちを演じる伊良皆の中学生　高校生たちのひたむきさ
いつもお稽古は夜の遅い時間
学校から帰宅してから　塾が終わってから　スーパーのレジのバイトを終えてから
皆眠い目をこすりながら　一生懸命せりふを覚え　芸を覚えようとがんばっている
芸能の保存ではなく　ちょんだらーの種まきなのさ

この悩ましき世界に新たなちょんだらーが芽吹き
愚かな人類を揶揄し　浮世のはかなさを説き　そして世の安穏を祈るとしたら
それはなんて愉快な話だろう

打てばよい

打てばよい。吹けばよい。鳴らせばよい。踊ればよい。ルールなんてなにもないのさ。楽譜なんてうそっぱち。音階も和音もね。音楽や楽曲なんてものはこの世に存在しない。自分が思うままに打てばよい。あなたの音は一つだけ。あなたが打つ行為から世界は始まる。あなたが打つ行為によって世界が震える。あなたが世界を打つ音は大きな波になって、うねりになって、世界のあちこちを穿ち、揺らし、またあなたのもとに帰ってくるのさ。それを全身で浴びればよい。浴びなくてもよい。社会とか革命とか呼ばれるものの根っこは、実は音の粒の姿を借りた振動でできている。音は自由。音は気まぐれ。音に国境はない。音に属性はない。間違った音なんて何もないのさ。でも音に色や匂いや肌触りや温度や性格があったりはする。音と音の間に生命が宿ったりするようにね。さあ、打とう。感じよう。ああ、なんて楽しいことなんだ。世界は響きあい、共振しあい、絶妙なバランスで突っ立っている。

歌へ［三つの書評より］

歌はめぐる

姜信子著『はじまれ、ふたたび　いのちの歌をめぐる旅』

これは歌である。歴史の波にのまれ、流され、様々な土地に離散し、さすらい、旅を続ける民の歌であり、深い祈りである。歌は脈打ち生きている。地底にくまなくはりめぐらされた鉱脈のように真っ白な闇の底へと、どこまでも伸びていく。歌う主体はなにも生きた人間だけではない。海峡が歌い、風が歌い、島々が歌い、山野が歌い、草が歌い、溶岩が歌い、骨の小山が歌い、死者が歌い、吹雪が歌い、獣たちが歌い、カミガミが歌う。歌に境界はない。国家も民族も性もない。時空間を隔てる壁もない。生と死を貫通し、私とあなたの壁を溶解させ、転調し、変調する。人の意図や思考を超えて、歌自身が集い、身を寄せ合い、ひそひそと語り合い、増殖し、有象無象のさまざまな命を揺さぶり、ゆらりゆらりと漂い、歌い手を求めて、またひたすら旅を続けていく。

移民流民難民の道、旅を生きる人々の道筋にこぼれ落ちている、文字には書かれぬ想いを込めて語り継がれ歌い継がれてきた人間たちの物語に、心惹かれて、耳を澄ませて、声のするほう、歌の流れるほうへと漂いあるいてきたんです。

歌の流れるほうへと歩みをすすめようか。仰々しい国策に、残酷な争いに、押し寄せる津波に、体も魂も、チリヂリバラバラに切り刻まれ、風雨にさらされながら生きてきた人々がいる。カザフスタンのコリアン、働き者のソン・ナージャおばあさん、ハワイの日系移民が歌ったホレホレ節を後世に伝ようと努めるハリー・ウラタ翁。北の最果ての島に流れついたジャコウ鹿。そう、そこにはたくましく、したたかに生きる民の、生の呻き、悦び、いや哀しみともいえるような声が脈々と流れている。さらに歩みをすすめようか。

語りうる記憶を語って聞いて語り継いでいくことは、たぶん、そう難しくはない、渡せる心をやりとりして、分かち合うのは、おそらくたやすいこと。語りえぬ記憶を引き継いでいくこと。そっちなんでしょう、生きて死んで生きてゆくわれらにとって大切なことは。記憶に向き合い、記憶を語るのではなく、空白のありかへと向かい、空白に祈ることなのでしょう。

空白、そして空白への祈り。本書の通奏低音である、この真っ白い闇の場所に吸い寄せられていく。その闇に必ずしも形を与えなくても良い。強引に光を導き、照らさなくともよい。闇の底に佇み、深く呼吸をし、耳を澄ます。生き残ったことにうしろめたい思いをいだいていた元ひめゆり学徒たちがみえる。済州「四・三」事件をめぐる、語りえぬ記憶を持った無数の人々がみえる。長い間、決して声高には語ろうとしなかった彼ら、彼女たちが、おそるおそる語り始めた。すると、ざわざわと様々な声が真っ白な闇の中から立ち上がり、うねり、「私」という主体の殻をつきやぶり、彼ら、彼女たちを通して、語りはじめる。それらの声はさらなる歌となり、歌い手を求めて彷徨い、私に、そしてあなたに、また新たな旅のはじまりを促し続ける。なつかしく、なまあたたかい、白い闇を求めて。歌に誘われ、土と水の匂いに誘われ、村から村へ、街から街へ、野山を越え、海を渡り、いくつもの大陸を這い、マレビトたちは、類まれな吟遊詩人の著者は、旅を続ける。そして白い闇に歌い、祈り、世界に祝詞を投げかけ続けるのであろう。

見えるものと見えないものの真ん中に息づく世界へ

寺尾紗穂著『天使日記』

「もっと、まっさらに、よくみてみませんか」。本書は我々のすぐそばにある、ありふれた、しかしながら多くの人が見過ごしてしまう、とっておきの秘密の場所をみつめることを、そっと促すのである。その場所を仮に、見えるものと見えないものの真ん中に息づく世界とでも呼んでみようか。そこは優しい光につつまれた懐かしい場所でもある。その場所に立てば、世界に画一的に切りとることができるもの、数値化できるものなどなにもないことがわかる。大文字によって書かれた「正規の」歴史や、社会のシステムに回収されえない民衆の営みと叡智が見える。他者の心の奥底に、とてつもない宇宙がひろがる。孤独な魂たちが時に交わり離れ、それぞれの軌道を揺れながら旅を続け、歌うのが聴こえる。

本書では、音楽家である著者の旅先での出会いや、日常における心の揺れが、淡々と歌いかけるようにつづられる。とりわけ印象深いのは、著者の娘たちと天使が出会い、数カ月にわたり交流するエピソードだ。天使はある日、公園の生垣のあいだからひょっこり現れる。著者の娘と一緒に遊んだり、坂をのぼったり、学校の中をくまなく見まわったり、改札で待っていたりする。天使はまた、天国での日常や修行のことを著者の娘たちに伝えたりもする。娘たちを通して、著者も時に天使と対話を行う。「ほんとはもっと、たわいもなく、風のように、異界のものたちがすぐ隣にいるのだろう」。それらの存在は確かに、我々によってみつけられ、声をかけられるのを待っているのかもしれない。そのような世界からまなざした時、人間の「客観的思考」に支えられた科学やその拡がりや発展とは、いったいどのように見受けられるのだろう。見える・見えないでは区切れない世界に対峙し、それをあるがままに引き受ける。そこからまなざし、考えることができるのならば、それはなんて豊かなことなのであろうか。

恩寵としての音楽

大嶋義実著『演奏家が語る音楽の哲学』

音楽的な経験とそれを言語化するという営みのあいだにはとてつもなく大きな距離がある。音楽について語り、記述するという行為には、どうしてもある種のもどかしさがつきまとわざるをえない。しかしながら、フルート奏者であり、芸術大学の教員でもある著者の音楽を語る語り口は、鷹揚かつ快活で、そのような歯がゆさや躊躇は一切ない。その筆致は、音楽という生命体の核にせまったかと思えば、それを、ゆっくり内側から揺さぶるかのようでもある。本書の通底音にあるのは、楽譜や音符のむこう側から語りかけられてくる、音楽自身の声を聞き取り、その声に応え、身を委ねることの大切さである。その声を聞き取った者は、呼びかけが自分にあてられたものであることを認め、呼びかけに応えようとする。すると、音楽は歓びの声を上げ、その脈動を加速させ、時に演奏家・音楽家が思い描くことすらなかった風景を、音を通して立ち上がらせていく。その意味においては、バッハ、ベートーベン、マーラー、さらには武満徹の作品も、決して彼ら自身の創作物ではないのであろう。「その音楽自身が彼らの名を呼び、彼らをして楽譜にしたためさせたものだ」(62頁)。そして、音楽からの呼び声や招き、メッセージを受け取った者には、彼、彼女自身のやりかたで、音楽という生命現象を維持し、音を通して、さらに新たな世界を生成させていくことが求められるのである。音楽とは、時空を超越して脈動し続ける、とてつもなく雄大な流れのようなものなのかもしれない。演奏家・音楽家は、その流れに身を投じ、身体を溶解させられ、時にもがき苦しみながらも旅を続ける存在であるのだろう。音と人の関わりについての多くの示唆や問題提起をはらむ本書からは、楽譜のむこうにある、みずみずしく、なまめかしい生命現象としての音楽の姿が立ち現れる。さあ、音楽からの贈り物を受け取ったのならば、行く先が定まらない豊かな旅に身を投じてみようか。

わたしは歌

わたしは歌
浜辺で幼いこどもに拾われた貝殻
その奥からひろがるはるかな世界

わたしは歌
ガマの奥でたたずみ
巨大な岩の隅々までびっしり根を張りめぐらせ
耳をそばだてながら深い眠りにおちる昼下がり

わたしは歌
空から舞い降り
あなたの喉を潤し
産まれたての赤子を清め
農具や馬をきれいに洗い
苗代田をたっぷり満たす水の匂い

わたしは歌
人と海をむすぶ命のゆりかご
カーミージーの上から想像する未来

わたしは歌
豊穣をもたらす雨
豊漁をもたらす風
安穏をもたらす叡智
生と死のみぎわの凪

わたしは歌
イノーの時間
ハマとビシのあわい
サンゴ礁の内側
魚垣を築き　銛と鉤で貝をとり　タコをとり　魚をつき　海藻をあつめ
豊かな恵みをもたらす里浜への感謝

わたしは歌
まーすけーいロード
抑えきれない胸の高鳴り
身なりを整えて遠出する夜明けの空
塩と交換するための薪の束
平らな道のあとの急な坂道
高らかに歌いながらいっきにかけのぼり
疲れたら松の木陰でひとやすみ

わたしは歌
島の救い主
鎮座する村の神々
あがめたたえられる伝説の巨人
石で包み封じた神墓の隙間から
こぼれでてきたかすかな調べ

わたしは歌
竹のかごを手に語りかけた少女
来年もいっぱい実ってね
ぐすくの前のイチゴたちの甘酸っぱい香り

わたしは歌
王家の栄枯盛衰をながめ
繰り返される愚かさを嘆き
脈々と流れ続ける小川のせせらぎ

わたしは歌
髪の毛に飾り指先を彩るてぃんしゃばな
幼い頃あなたを背負ってあやしてくれたお姉さんがお嫁に行く朝

わたしは歌
センダンの木をくりぬいて作った四角いタバコ入れ
野良仕事のあいまに刻む愉快なリズム
浜でのもあしび
すぐそこの辻でのもあしび
夜明けまで続く　てんとぅるるん　てんとぅるるん
てんとぅるるん　とぅるるん　てんとぅるるん

わたしは歌
島々に架かる虹の橋
航海の安全への願い
愛する人の帰りを待ちわびる想い

わたしは歌
あなたの喜びと哀しみによりそい
心の奥底に咲かせる花
木々の間からふりそそぐ木漏れ日

わたしは歌
いにしえの鼓動にあわせた明日の踊り
まんなかに線を引くことも
四角に区切り分割することもできない祈り

わたしは歌
平和への望み
さあ勇んででかけようか
あしびとぅいけー
色とりどりのごちそうが待つ
村々のにぎやかな交流

わたしは歌
神の手が働く場所
記憶のかなたで揺り起こされ
芽吹きはじめた若葉

わたしは歌
埋めたてることのできない歌
無数の杭を打ち込まれながら
淀みなく流れて世界をめぐりゆき
あなたの足元に戻ってくるさざなみ

わたしは歌
今を生きる歌
幾多の時代をめぐりゆき
わたしとあなたをつなぐ歌

イメージの生命

アビシニア高原、一九三六年のあなたへ

そう、あなたたちは残忍な加害者であり被害者でもありました。〝信じ、従い、戦う〟ファシストの兵士たち。アビシニアに帝国を建国するというムッソリーニ統領、ドゥーチェの仰々しい企画の犠牲者。未開の国の野蛮人を文明の光に照らし、いにしえのローマ帝国を新たにアフリカにつくるというドゥーチェの野望は、結局アビシニア高原の露と消えることになるのです。

一八九六年のこと。イタリア軍がエリトリアを植民地化し、エチオピアに攻め入った際、北部の街、アドワで敗れ、イタリアによるアフリカ進出の野望は粉々に砕かれることになります。こんもり丸みを帯びた、大小さまざまの山々からなる、アドワ特有の複雑な地形に苦しみつつ、進軍を急ぎ疲弊したイタリア軍。それに対して、侵略者たちから国を守るために奮起した、皇帝メネリク二世が率いるエチオピア軍。なんとこのアドワの戦いにおいて、イタリアは負けることになるのです。「未開で野蛮な」アフリカの一国に負けた、という事実は、あなたたちの国の人々の心に、耐え難い屈辱として深く刻まれました。もちろん、当時十代であったムッソリーニ少年にとっても、イタリアを蹴散らしたアフリカの一国の名前は印象深く記憶されることになるのです。そして四十年程の歳月が経ち、あなたたちは同じ過ちを繰り返しませんでした。近代的な兵器と兵力で圧倒し、短期間でエチオピア全土を制圧してしまうのです。戦力の

差は明らかでした。槍や弓矢、そして十九世紀のライフルで戦うエチオピアの兵士たち。それに対して、最新装備の戦車、戦闘機、毒ガスをひっさげて戦うイタリア軍。

空と大地を切り裂く爆撃、各地で毒ガスを散布し、兵士、民間人の区別なく殺戮を繰り返すあなたたち。人々はおびえ、逃げ去りましたが、ある者は侵略者たちにかしづき、ある者は地下へもぐり抵抗を続けました。

「海を渡る艦隊、突進する戦車、聖ガブリエルの馬のように口から火を吐く爆撃機。誰が皇帝ヴィットーリオ・エマヌエーレを止められようか?」弦楽器マシンコを弾き語る楽師のあなたによる、侵略者を賛辞する歌が、時空を超えて聴こえてきます。王侯貴族お抱え楽師、道化師、社会批評家、庶民の代弁者、税の徴収係、戦場で兵士を鼓舞する係。いにしえから歌を通して空間を異化し、人々の死

生観にまつわるイメージを喚起させた吟遊詩人アズマリ。侵略者側に寄り添い、侵略者を褒めたたえる歌を歌うことは、あなたたちにとってはとてもやさしいことだったでしょう。しかしながらこの同じとき、多くの歌い手が庶民を鼓舞する抵抗の歌を歌い、イタリア軍に捉えられ、処刑されることになるのです。

かつてイタリア軍が、アフリカへの侵略をせきとめられた街、アドワ。長い年月を経てこの街を奪い、征服した証に、イタリア軍はこの街にあなたを建てます。五メートルにもおよぶドゥーチェ様の顔。彫刻家マルヴァニによって制作された、ファシズムの欲望を象徴する仰々しい像。ドゥーチェによる、自己の神話化、神格化の象徴。顎を少し上げたしかめっ面。きゅっと結んだ唇は固い意思を帯び、冷酷で権威的でもあります。ああ、あなたはなんていかめしいのでしょうか。

ファシストたちによるあなたの前での記念撮影です。土地の民は、あたかも土産物のように陳列されています。コットン製のマント、ガビをまとう三人。二人の女性はいささか困惑した表情にみえます。真ん中の女性の左手には油を入れるガラス容器。端の男性の左手には杖。これらの民は軍属ではありません。近所を通りかかった農夫たちを、なかば強引にあなたの前に誘い出し、興味半分に記念撮影しただけのものなのでしょう。この場所で何度も繰り返されたであろう行為です。しかし、この五年後のこと。イタリア軍が英仏の連合軍によって壊滅させられた直後、あなたは粉々に破壊されることになるのです。ドゥーチェの神話は、高原の大地に吸い込まれることになるのです。

あなたは直立の姿勢でつったっています。日差しがまぶしいのでしょうか。それとも侵略者の主を前にした緊張からなのでしょうか、眉間に皺をよせ、こわばった表情でこちらをまなざしています。長い円筒形の帽子を若干斜めに被っています。帽子が鮮やかな赤い色であることを私は知っています。帽子の様式と被り方は、あなたがアスカリ、すなわち植民者側についたアフリカの兵士であることを示しています。顔つきや肌の色の濃さからは、アビシニア高原出身の人物にはみえません。あなたはひょっとして、ソマリ人の傭兵なのかもしれませんね。傭兵アスカリ。アフリカや中東において、侵略国側の兵力として雇われ、軍務に就いた現地の兵士たち。実をいうと、イタリア兵の七割にも及ぶ兵士が、エリトリア、エチオピア、ソマリアから集められた現地兵、そう、あなたたちアスカリで構成されていたのです。十九世紀末のアドワの戦いでもアスカリがイタリア側に雇われて戦ったといいます。イタリアの敗北後、アスカリたちは敵側についた裏切り者、ということで、罰として片方の手、片方の足を切りとられることになるのです。

そうそう、そういえば数年前、ひょんな場所で出くわしたことがあります、アスカリの写真に。中目黒のエチオピア料理店クイーンシバ。たまたま隣の席にいたアフリカの国の外交官と話す機会がありました。私が話す片

言のティグライ語に機嫌をよくし、彼は携帯電話の画面を通して様々な写真を見せてくれたのです。祖国で撮ったという親族や友人、故郷の街の写真を見せてくれました。私が彼の国に赴くような機会があれば、親族に案内させる、とまで言ってくれました。話がもりあがったとき、突然一枚の古いモノクロ写真が彼の携帯電話に現れたのです（イメージはこうやって、おのずからひょっこり頭をもたげるので、おもしろくもあり、やっかいでもあるのです）。写真に写った若い兵士は彼の父親である、とのことでした。兵士は長い円筒形の帽子を斜めに被っていました。その帽子を見た私は反射的に「アスカリ」とつぶやいてしまいました。すると、これまで楽しそうに話していた彼は黙り込んでしまい、表情はこわばり、私たちの会話は途切れ、重く気まずい空気が流れたのです。こちらが指摘してはいけない事実だったのでしょうか。

翻って、私たちや、私たちの国家という存在も、ひょっとすると、どこかの国に雇われ

たアスカリなのかもしれないですね。あなたはいったい、誰のために、何のために、この円筒形の帽子を斜めにかぶるのでしょうか。

あなたの下には簡易的な木製の小屋やテントが並び、手前には衣服が干されています。イチジクの巨木、ワルカ。高原の街では、いろんな場所であなたに出くわします。土地のランドマークのようなものとでもいいましょうか。大きいものでは、背丈は二十メートルを超えます。人々は労働の合間に、高原の強い日差しから逃れ、あなたのもとで休憩をします。人々はまた、あなたのもとに集い、延々と議論を繰り広げます。民族間の紛争や土地をめぐる争いを解決する知恵を絞りだし、為政者による圧政に抵抗する考えをまとめます。議論は数週間にわたることもあります。

あなたは長い年月、人の叡智と繰り返される愚かさをじっと見守ってきました。巨大なクモの足のように、四方八方に枝を伸ばしながら。あなたのもとを、高原の風が吹き抜けていきます。

附言：ある年の冬のこと。翻訳家の知人から連絡を受けた。私に見せたいエチオピア、エリトリアの古い写真がある、とのことだった。それらの写真は、彼女がイタリアの友人から譲り受けたものであるということであった。彼女の友人は、トスカーナ州ルッカのフリーマーケットにおいて、ほとんど無料に近い値段でこれらの写真を購入したのだという。彼女はオーストラリアに引っ越すため、東京の自宅の荷物整理に忙しく、その写真の束を、エチオピアで長年研究をしている私に受け取ってほしい、とのことであった。小汚いビニール袋に無造作に入れられた二百枚ほどの古写真の束が、そのような経緯で、ある日突然、私のもとに転がり込んできた。写真はイタリアによるエチオピア帝国侵略時代（一九三五～一九四一）を、イタリア軍の兵士が撮影したと思われる写真であった。偶然にもそれらの写真は、私が長年、人類学研究のためにフィールドワークを行ってきた、エチオピア北部やその近隣エリア（現在のエリトリア）で撮影されたものであった。現地の人々の生活や宗教、ランドスケープ、動植物をとらえた写真から、イタリア兵たちの生活風俗をとらえた写真、さらには兵士の墓の写真や、散乱した遺体の写真も目についた。その多くが、おそらくは公開されたことがない極めて貴重な写真（少なくとも私の眼にはそう映った）である。従軍した兵士の遺族、或いは戦争写真の収集家が、写真の管理を疎ましく思ったのだろうか。何らかの理由で保管し続けることが難しくなったのであろうか。これらの写真が、トスカーナのフリーマーケットに行きついた経緯について、あれやこれや想像してみる。いずれにせよ、写真は、めぐりめぐって私のもとにやってきた。イメージはこうやって、おのずからひょっこり私たちのまえに現れるので、おもしろくもあり、やっかいでもある。

［対談・イメージの生命］

アビシニア高原、一九三六年のあなたへ――イタリア軍古写真との遭遇

川瀬慈×港千尋

二〇二二年七月十四日　於・PURPLE

古写真との出会い

川瀬―皆さんこんにちは。写真展「アビシニア高原、一九三六年のあなたへ――イタリア軍古写真との遭遇」関連の対談イベント『イメージの生命』を始めます。モンゴルからお帰りになったばかりの写真家・港千尋さんをお招きしました。港さん、ようこそ。

港―お招きいただき、ありがとうございます。よろしくお願いいします。

川瀬―イメージという言葉には、いろいろな定義がありますが、もしイメージに命があるとするならば、人によるまなざしを介することで、それは脈動を強めてゆくのではないだろうか、と私は考えます。会場に展示された二百枚ほどの古写真。大半が一九三六年前後に現在のエチオピア北部とエリトリアで撮られたとおもわれる写真ですが、どういう経緯で私のもとに来たかをまずお伝えします。

二〇一七年頃、翻訳家の三宅美千代さんから、どうやらエチオピアで撮影されたと思われる二百枚ほどの古写真があるので川瀬に譲りたい、と連絡いた

だき、赤坂のエチオピア料理店でお目にかかりました。これらの写真は、三宅さんが、イタリア人写真家の友人より受けとったとのことでした。イタリア、トスカーナ州にあるルッカという町のフリーマーケットで、これらが無造作に売られていたのを、三宅さんの友人がほぼ無料に近い額で購入したという話でした。三宅さんは当時、オーストラリアへの引っ越しを目前に控えているということもあり、これらの古写真の束をエチオピアで研究している私に譲り渡そうということになったのです。

写真を拝見して驚きました。それらは私が二〇年ほど人類学のフィールドワークを行ってきたエチオピア北部や現在のエリトリアで撮影された貴重な写真であったからです。撮影場所や日付、人の名前が記された写真もあり、自身にとってとても馴染深い都市の風景まで含まれていました。

さて、エチオピアとイタリアにとって、一九三〇年代とはどういう時代だったのでしょう。駆け足でお話します。十九世紀末の一八九六年、「アドワの戦い」というエチオピア史上で最も有名な戦いがエチオピア北部の都市アドワで行われました。イタリアは、エリトリアやソマリランド、リビア等を当時植民地化していたのですが、英仏との植民地獲得のレースにいささか出遅れた状況でした。植民地をより拡大しようとエチオピア侵略に動いたのです。しかしイタリア軍はこのときアドワで、エチオピアに負けてしまうのです。ヨーロッパの国が、「未開」と見下していたアフリカの国に負けた。これは非常にショッキングなできごとで、イタリア人の心に屈辱として刻まれます。後に台頭する〝ドゥーチェ（総督）〟こと、ベニート・ムッソリーニは、十代前半の少年でした。時は流れ、一九二〇年代。世界恐慌が訪れます。イタリアは人口が増大し、失業率も上昇して経済が低迷する。社会不安に乗じてファシスト党が力を握り、ムッソリーニの独裁政治が始まります。再びエチオピアに攻め込むことを通して、ファシズムと古代ローマの栄光を結び付けた東アフリカ帝国建設に乗り出します。もちろん十九世紀後半にアドワで木っ端微塵にされた恨みを晴らすという目的もありました。一九三五年にイタリアによるエ

01

チオピア進攻が始まりますが、毒ガスを含む近代兵器を使い、市民と兵士の区別なしに殺戮を繰り広げたのです。皇帝ハイレ・セラシエ一世はイギリスに逃げ、一九三六年になると、主要都市の多くがイタリア軍の支配下に置かれました。今回の展示で大きく扱われた写真に、一九三六年に撮られたムッソリーニの頭像があります[01]。これが建てられたのがアドワ。どこでもよかったわけではない。やはりイタリア軍がかつてエチオピアに大敗したアドワという場所に建てなければならなかったのでしょう。

エチオピア・一九三六年

川瀬—二百枚の写真で目を惹くのは、イタリア兵の戦地での生活風景、風俗です。他は現地の少数民族や建築物、墓、動物、儀礼など。戦闘中の生々しい写真もありますが、それよりも兵士たちがひと息ついて、タバコをふかしたり、にこやかに記念撮影するなど、日常的な姿が印象的です。例えば、川辺で洗濯している写真[02]。裏に文字が書かれている。〝わが友ドルフィへ、アドワにて、一九三六年三月十八日〟とあります。日付の横に〝Consali Raffaele コンサリ・ラファエル〟と、人名が書かれています。このラファエルという名前は、その他の写真の裏側にも何度か出てきます。イタリア兵と現地の人が混じった日常生活の写真にも驚かされます[03]。これは現地人がイタリア兵に髭を剃られている写真[04]。戯れ合っているようにもみえる。裏に、一九三六年十一月二十四日、アディ・アルカイとあります。私が長年住んだ都市ゴンダールから一八〇キロくらい北にある、現地語で〝新しい友人〟という意味を持つ名前の町です。

港—ほんとうに興味深い写真ばかりです。場所と日付を入れたのは、任務中だったということでしょう。そこで野営していたのかなと想像します。川瀬さんにプリントを見せていただいて、私も驚きました。一九三〇年代は世界規模の戦争に向う時代で、いろいろなメディアの変革期に重なりました。写真機の改良など、写真の歴史も大きく動いていた。その時代に撮られた写真が、これだけまとまったコレクシ

03

02

04

ヨンとしてあるとは。エチオピアについて、私は何にも知りません。いつか行ってみたいと思う程度で『エチオピア高原の吟遊詩人　うたに生きる者たち』(音楽之友社、2020)など、川瀬さんの本を通してしか知らないんです。そのエチオピアの特定の時代が、目の前にいきなり現われたわけです。

この二百枚は明らかに、一人の人間が撮影したものではありませんね。少なくとも三つから五つくらいのカテゴリーに分けられるように思います。カメラも違うし、撮った場所も違う。そうした異なる出自の写真が集められ、十把一からげで売られたというのも、もともと蚤の市というのはそういう場所ですよね。売る側は少しでも高く売れればいい。目を引くカットを見せ、手元にあったものを、おまけでつけるからどうだ、とか。いうなれば、キュレーションなきキュレーションです。

ヨーロッパの、特にイタリアやフランス、ドイツもそうだと思いますが、蚤の市には、今もこうした古写真がたくさん出ます。ダゲレオタイプやアンブロタイプといった写真初期のオブジェも少なくありません。写真の特徴の一つは、多数である、ということ。ものすごく多い。昔の土器や陶器のように、埋蔵量がとても多い中から、この二百枚が、キュレーションなきキュレーションで選ばれた。でも、ここが大事な点ですが、無秩序ではない。そこがおもしろいのです。

キーパーソンの登場

川瀬—こうして二百枚を繰り返し見ていると、ある特定のイタリア兵が、様々な写真に登場することがわかります。顔が大きく、顎の下部が若干横に広がった、大きな人物です。例えばこれは現地の少年二人と三人のイタリア兵が並ぶ、のんびりした雰囲気の写真[05]。左端が彼です。

港—背の高い、しっかりした体つきの人ですね。

川瀬—裏には〝アドワにて、一九三六年三月二十日〟とあります。この彼が何枚にもわたって登場するのです。水辺に二人のイタリア兵がたたずんでいますが、この左の人物[06]。これは一人たたずむ姿

[07]。兵士が大勢で自動車に乗った、映画の一場面のような写真の中にもいます[08]。三人の兵士が腹ばいになった写真の左側もおそらく彼[09]。本国からのお菓子か何かの差し入れに喜ぶ兵士たちの右端[10]。この人物は、ひょっとするといくつかの写真の裏に署名がある〝ラファエル〟であり、そして彼は、この二百枚のコレクションの持ち主なのかもしれません。現時点では推定にすぎませんが、この人物を〝ラファエル〟と仮定して話をすすめてみましょう。

港―上半身裸のポーズが多いですね。そういう性格なんでしょうか。

川瀬―港さんの『写真論』(『写真論――距離・他者・歴史』中公選書123、2022年)に、一九五九年の映画『Hiroshima mon amour(ヒロシマ・モナムール/邦題「二十四時間の情事」)』に関する文章があります。映画に主演したエマニュエル・リヴァ撮影とされる写真に、彼女自身が少なからず被写体として登場している。この二百枚が、ラファエルのコレクションだとしたら、彼という存在を基軸に、これらの写真についての、さまざまな謎が解けるのではないだろうか、と考えているのです。

港―おもしろいですね。会場に用意されたルーペで見て、私にもずいぶん発見がありました。一例をあげます。まず、二百枚の中に同じカットが二枚含まれています。ラファエルとおぼしき人物が、数人の仲間と二列に並んだ写真。ピントがきれいなの[11]と、そうではないもの[12]があります。現像の仕方、保管のされ方にも違いがある。ピントが甘い方は、プリントの状態が悪く、茶色になってしまっています。別々に保管されていたのでしょう。同じ人の保管ではないかもしれない。おまけにくっきりと指紋が残っている。定着が不十分な状態で印画紙を触ったのか、やや雑な扱いをする人だと感じられます。

同じカットが複数あるのは、人数分、焼き増しして配ったからですね。集合写真に写っている人は、今と同じで、それが欲しいわけです。従軍中ですから使えるフィルムと紙が限られている上、焼き増しも難しい。焼き増しできないかもしれない。最初に一枚プリントし、おそらく、そのプリントから複写

05

06

07

08

09

10

11

12

していったのでしょう。

複写ですから、カメラを使うと普通は思います。でも、同じ35㎜サイズのカメラを使わなかった可能性があります。戦地だし、暗室の確保も難しいとなれば、どうするか。たとえばライカ型カメラを使わず、ボックス型の古いタイプのカメラで、ネガを介さず印画紙同士で複写してゆく。印画紙にネガを作り、それを再撮影すればポジになりますね。つまりボックス型のカメラの内部に、現像液と定着液が入っているのです。私は二〇〇〇年代にインドのデリーで、そうした複写をお客さんに渡す写真師を見ましたが、その画像に極めて似ている。十分くらいかかりますが、待ってさえもらえれば、その場で渡せます。周囲がボケているのは、それが理由なんじゃないかと思います。

写真を推理する

港——ラクダが行進している写真があります[13]。印画紙にくらべてイメージのサイズが小さく、周囲に奇妙な影が出てしまっている。これもいまお話ししたように、プリントの複写を焼いたからでしょう。アルバムに貼ってプライベートに保管するのが目的ではなく、他人に贈ろうとしたのではないか。

ではこうした不備がなぜ起きるかというと、古写真にある程度共通していえることですが、ネガがないのです。廃棄されることが多いんですね。ネガが残っているのは、たとえばエージェンシーや写真館が撮った場合ですね。ネガがないのに同じカットを得ようとすれば、再撮影しかあり得ません。

ラファエルを含む兵士たちの集合写真[11]に、人の影が見えます。たぶん撮影者本人の影でしょう。従軍写真家だと思いますが、この人は軍隊の様子を、自分なりのスタイルや癖で撮っていたようです。その証拠は足下の影です。これ一枚だったら、太陽を背にしていますから、偶然入ったのだろうと考えますが、そうではない。他にも何枚か、似た写真がある。例えば、ワニの写真[14]。戦地で仕留めたワニを、無理に口を開けて撮っているのですが、ワニを画面の中央に入れないで、上に寄せ、自分の影を下に入れています。
戦地ではない写真にも影を見つけました。裏にピストイアと書かれた、男女五人が自転車に乗った楽しそうな一枚[15]。ピストイアはトスカーナの町です。ここにやはり、地面に帽子をかぶった人の影がある。こういう写真では通常、影は入れませんよね。自分の存在を残したい、痕跡を残したいという気持ちがあったのでは、と思います。
建築写真は後ほど紹介しますが、藁屋根の家々を背景に、手前に木の影を入れた写真があります[16]。後景までピントを合わせ、その上で木の影を入れている。この写真と、影の入った人や動物の写真が、とても似て感じられるのです。
川瀬―印画紙の四隅を、ぎざぎざに切った写真がありますね。この写真の様式は当時の流行だったのですか？
港―写真館でプリントを渡す時、ぎざぎざに切り取って花模様にするのです。そのためのカッターが当時売られていて、これも蚤の市などに出ます。この時代だけでなく、第二次大戦後も使われていました。一枚ずつ売るのか、貼りこんでアルバムごと売るのかもしれない。渡す相手のいる写真の周りが、ぎざぎざなんですね。特別感が出るというのかな。
川瀬―正視するに耐えない遺体写真もあります。エチオピア現地の兵士でしょうか。あるいはイタリア兵の傭兵であるエリトリアの兵士でしょうか。複数のイタリア兵と思われる人物の遺体もあります。あるイタリア兵の遺体は、局部を切り取られ、それが腹の上に置かれている。エチオピア現地の戦闘では、倒した敵の局部をトロフィー、すなわち戦果とするのはかつて珍しくはなかった。それを侵略者に適用したのでしょう。遺体写真の多くはピントの甘いプリントが多いです。やはり複写されたのでしょうか。記念写真を複写して配るのはわかりますが、遺体写真を複写するというのはどういうことですかね。
港―その裏に日付は？
川瀬―ありません。
港―地名もない。任務中に撮影されたネガから焼いたものではないですね。
川瀬―動物写真もあります。ワニの他、ライオンやヒョウ、ヤマアラシ[17]。

港―きっとプロの撮影ですね。写真館付きの写真家でしょうか。

川瀬―こちらはアンテロープ[18]。イボイノシシもいます[19]。ワニ同様、仕留めたイノシシの胸の部分に石をはさみ、立ち上らせて、生きているかのように撮っている。

港―おそらくポストカード用でしょう。当時、こうしたポストカードは大量に、イタリアだけでなく、フランスでも売られていました。ジャンルは動物、風景、建物、そして人間。人間の中には女性があって、着衣のものとヌードのものがあり、エロティックなものも含まれます。エチオピアやアルジェリアなど植民地の都市で、写真館を営む人たちが売っていたのです。動物を撮ったものは、典型的な写真館写真です。

川瀬―ポストカードを通して、イタリアの若者をエチオピア従軍に誘ったという話を、ある歴史家の友人から聞いたことがあります。

ポストカードの誘惑

川瀬―現地の女性を撮ったものは、特にそうですね。イタリアの若者をイメージで誘惑する。エキゾチシズム。肉体の美しさ。エチオピアに行けば、きれいで若く、元気な女性たちが、こんなエロティックな格好をして待っている、と。こうした写真の中に、あきらかに演出された写真がいくつかあります。例えば裸体の女性に、手をついて、こちらを向いて、と具体的なポーズを要求している[20]。

港―編み上げした女性の横顔もステージド・フォトですね[21]。

川瀬―おそらくティグライ人、もしくはアムハラ人です。この編み上げはショルパというスタイルです。

港―私の著作、『写真論』のなかで、ピカソが大量の写真をコレクションしていたことに触れました。ピカソは黒人芸術の仮面や彫像からインスピレーションを得て、有名な『アヴィニヨンの娘たち』のような作品を描いたといわれますが、それだけではなかった。かなりの数のポストカード、小さなサイズ

13

17

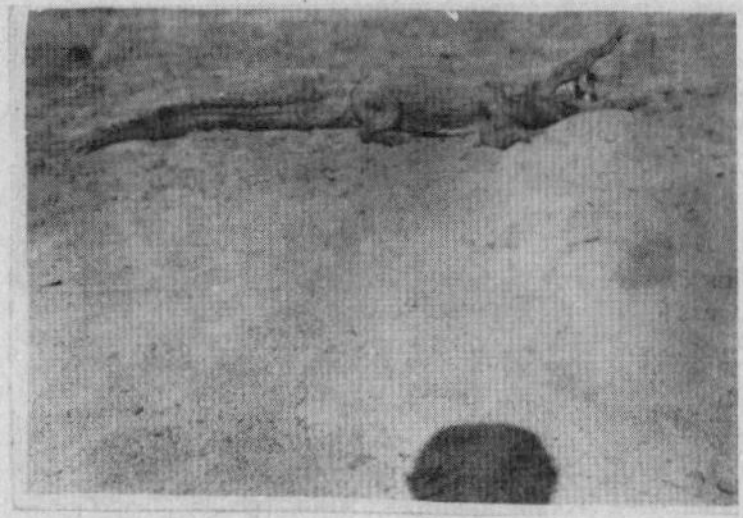

14

18

15

19

16

のプリントを所有し、それを自分のスタイルに溶けこませながら作品を完成させていったのです。作品の成立過程は複雑で、これがあるからこうだというものではありません。ピカソだけでなく、ル・コルビュジエもですが、当時のポストカードはアーティストにとって欠かせない資料でした。

川瀬―伝統的な衣裳を着た女性もいます。エリトリアとエチオピアのボーダーに暮らす、クナマという少数民族[22]。あるいは、黒衣をかぶった、ラシェイダというベドウィン系の民族[23]。クウェートやサウジアラビアをはじめエリトリアにいる遊牧民です。この衣裳ブルカを女性は幼児の時から着ます。

港―兵士たちの写真は一九三六年の撮影で、場所や日付が入っていましたが、少数民族を撮った写真は違いますね。

川瀬―はい。こちらの写真にメモはありません。ゼロです。

港―やはり任務中ではないからですね。戦地で撮られていない。一九三〇年代でもなく、もう少し早い時期に撮影されたのではないでしょうか。

川瀬―そうかもしれません。ところで、とても不思議な写真があるのです[24]。この女性はまだ十三歳か十四歳あたりでしょう。現地の人物かと思われるのですが、まず服装がおかしい。コットンでできた衣装を現地では着ていたはずが、明らかに違います。水玉模様の洋服。

港―ワンピースですね。あり得ない。フラメンコの衣裳にも見えます。

川瀬―さらにあり得ないのは、この写真は、彼女の身体の周囲がとても不自然に切り取られている。この少女の姿だけ残している。

港―両側に誰か写っていたのではないでしょうか。はさみで紙を切り、印画紙にかぶせて、いわゆる「覆い焼き」をした。しかし、上手ではないですね。もし写真館であれば、さすがにこのような仕事はしません。商売できないですよね、これでは。この写真を欲しがった人は、確実に男性だと思うのですけれど。彼が、この女性の姿を所有したかった、女性だけを残したかったのでしょう。そういう意味で、こ

23

20

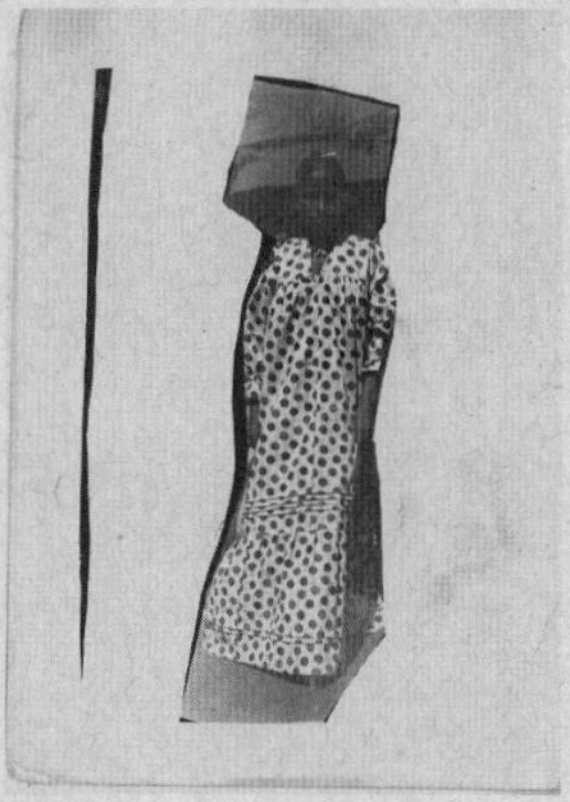

24

21

22

こには「二重の所有」があると思います。所有しようとした人間は、戦争が終わってもイタリアに帰らなかったかもしれない。帰ったかもしれない。両側に立っていたのが少女の両親だった可能性もある。

川瀬―写真の所有者が写っていて、自分を見せたくなかったのかもしれません。イタリアに親族がいて、友人がいて。だからアビシニアでの彼自身の過去を見せたくなかった。

港―だったら写真なんか持って帰らなければいい、となるのですが。そういうことまで考えさせますね。実に謎めいている。

川瀬―多くのことが見えない。空白だからこそ、いろいろなものが見えてくるということですね。

港―専門家が調べればわかることも多いでしょう。この衣裳がどこで売られ、この写真を誰がどう所有し、どういう経由でトスカーナの市場にたどりついたか。そのストーリーの背後には、この時代を生きざるを得なかった人々の、のっぴきならない事情がある筈です。

音楽が聴こえてくる

港―これは人々が輪になって太鼓を叩いている写真。やはり四隅がぎざぎざです[25]。

川瀬―ティグライ人のサークルダンスで、このドラムのリズムはシンプルなツービートです。

港―現在も同じように演奏されているのですか。

川瀬―はい、同じです。円を描くようにくるくる回る。もう少し時間が経つと、男性が女性を追いかけるようにサークルが展開していきます。写真はまだ宴の始まりですね。

港―それは、なぜわかります?

川瀬―太鼓の奏者が中心だからです。この後、傍観している人たちが一気になだれこむ形でサークルになるはずです。

港―なるほど!楽器を演奏している写真でも、白衣の人々が登場するこれは、だいぶ雰囲気が違いますね。[26]。どういう写真でしょう。

川瀬—この人たちはアズマリという世襲の楽士で、結婚式などの祝祭儀礼で歌うエチオピア北部の職能集団です。山羊の皮と馬の尻尾でできた、マシンコという擦弦楽器を弾き語ります。酒場を流したり、宴の場をコミカルに盛り上げます。この写真は四人以上いるようです。エチオピア正教会の大きな宗教儀礼、特別な祝祭での演奏かもしれません。これはいわゆる晴れ着、儀礼の時などにおける正装ですね。あと、楽器の構え方が、北の民族のスタイルです。ワンザ（*Cordia africana*）という硬めの木でできた棹を肩にかけている。楽器はほぼ垂直に立っている。これはティグライ州やエリトリア等、北のやりかたで、私のいるアムハラ州まで南下すると、よりななめに寝かせる。

港—歩きながら演奏するのですか。

川瀬—そうです。四種類のペンタトニックスケールが基本で、声と楽器の音がユニゾンの関係で展開していきます。

港—音が聴こえてきそうな写真ですね。動いている対象の中に入って撮ったスナップショットで、写真館付きのポストカードや、エキゾチシズムを演出した写真、戦地での写真とは明らかに違う。でもわかるのです、この輪の中に入って撮りたいという気持ちがね。撮影者の撮る喜び、純粋にスナップショットしたいという欲望が感じられます。人間の顔をうまく配置して、ぎりぎりのところで構図を作ろうとしている。もし自分がここにいたら同じようなカットを撮りたくなるでしょう。写真をある程度撮っていて、好きではないと、こういう構図にならないだろうと思います。

川瀬—私は音楽に興味があり、ずっと研究しているので、楽士の写真はもちろん、ティグライ人のサークルダンスのような、躍動する写真が大好きですね。リズムパターンも見えてくるようです。私も同じ時間、場所で撮りたいと思ってしまいます。

港—写真にはそういうところがありますよね。これはおれが撮りたかった、と。

祝祭写真

港—個人的にもっと知りたいと思うのは、やはり音楽について、ですね。

川瀬—録音を持ってきましたのでお聴きください。エチオピア北部の伝承歌です。一九三〇年代後半、セレッティというイタリア軍の兵士が二百数十曲を録音したのです。歌っているのがアズマリで、まさにこの人たち。驚くくらい、イタリアの侵略者をほめています。イタリア国王ヴィットーリオ・エマヌエーレ三世の軍隊は、火を噴く飛行機に乗ってやってきた。聖者ガブルリエルの翼を借りて、と。聖者ガブリエルというのは当時のエチオピアでは国教であったキリスト教エチオピア正教会にとって非常に重要な聖人。それを侵略者を持ち上げる歌の中で使ったとは。

その一方、たくさんのアズマリが、歌を通したレジスタンス活動をしたことが知られています。歌で民衆を煽り、イタリア軍に抵抗する。そのため多くのアズマリが捕えられ処刑されたほどです。セレッティの録音ではイタリア側をほめちぎっているのですが、一方でレジスタンス活動にも従事した。従属と抵抗、両方の側面があったのです。

港—そういう話を聞くと、一枚の写真がどれほど複雑かわかります。人の記憶というのは単純ではありませんね。

川瀬—これは葬儀かもしれない、という写真もあります[27]。女性たちの布のかぶりかたが特徴的。左端に楽師が数人、楽器を携えて立っています。北部ティグライ州や現在のエリトリアでは、楽師のアズマリをワタと呼びます。ワタは祝祭儀礼等のいわゆるハレの場だけでなく、かつては葬儀でも歌ったといいますので葬儀、もしくは追悼の儀礼かもしれませんね。

港—お葬式は、外部の人が参加できるのですか？カメラを向けていいのでしょうか。

川瀬—私がよく行くアムハラ州の葬儀レクソーでは、撮ってくれと頼まれることが多い。親族のために記録を残すのです。葬儀ではライフルで空砲をばんばん撃ちます。故人に対する弔意なのですが、これが

27

25

26

28

またうるさくて。

港―これら一連の写真は、同じ人の持ち物か、同じ所にあったという気がします。日常の節目、節目を記録していて、例えばエチオピアの生活というタイトルで、音楽も含めて一つのアルバムにできそうです。

川瀬―巨大な薪を燃やしている写真[28]。この薪はチユッボといいます。十月下旬に行なうマスカル祭りでしょう。マスカルは十字架という意味です。キリストが磔にされた十字架が発見されたことを祝う祭りです。ユーカリの木を束ねて燃やし、聖職者たちが賛美歌を歌いながらチユッボのまわりを練り歩きます。チユッボの真ん中に通常は十字架を掲げるのですが、焼け落ちたのか、見えません。エチオピアの一年は十三か月。鬱屈とした雨期が六月から九月上旬まで続いて、それが終わると新年。九月十一日が元旦であり、そのすぐあとにマスカル祭が控えています。荘厳な祭です。ユネスコの無形文化遺産に指定されています。

港―そうなのですか。

川瀬―やっと乾期が到来し、黄色いヒナギクがそこら中に咲きます。雨季のあとの九月はとても華やかな季節で、一気に空気が変わります。まず光が違う。それが終わると、十月、十一月の忙しい穀物の収穫期が訪れるのです。

建築物・建造物

川瀬―裏のメモを見ると北部の都市、アディ・アルカイで撮られた写真にイタリア兵の墓が多いですね。激戦地だったのでしょう。墓の写真でおもしろいのは、斧のようなものが見えることです[29]。ファスケスといいまして、ファシズム、ファシスト党の語源であり、古代ローマでは権威、団結、力の象徴でした。別の墓の右側にもファスケスが突き出ています[30]。侵略者の墓ですから、イタリア軍の撤退後、これらは当然破壊されます。非常に貴重な写真です。建築物、建造物の写真も多い。橋かビルかわかりませんが、何かを造っている[31]。町を俯瞰して記録した写真もあります[32]。

港―鉄橋の写真など、戦略的に重要なものとして撮ったのではないでしょうか。

川瀬―二十年に及ぶエチオピア研究の間、私がいちばん長く住んだ建物は、ゴンダールの安宿、〝エチオピアホテル〟です。アール・デコ調のイタリア建築で、一九三〇年代に造られた兵舎を改造したものでした。拙著『ストリートの精霊たち』の表紙にゴンダールの写真を載せてありますが、古いイタリア建築が並んでいることがわかります。今でもイタリア建築は頑丈であるということで庶民に重宝されています。

港―これは何でしょう？ 人が三、四人立っていて、望楼があります[33]。なかなか大きな建物ですね。

川瀬―エリトリアのカレンという都市の建物で、市役所だったと思われます。今は図書館として使われているようです。イタリア建築ではなく、もっと古い十九世紀の建物のようですね。

港―こちらの石造建築には階段があります[34]。

川瀬―古代アクスム王国があったアクスムという都市の聖母マリア教会です。現地ではアクスムチオンと呼ばれ、親しまれています。近年の内戦で、ここに逃げこんだ多くの人々が殺害されました。いま見ると哀しいのですが、ティグライ州を代表する有名な教会です。

港―山裾の土地で、何か造っていますね[35]。

川瀬―石造りのようですね。なにか要塞のようなものでしょうか。

これは現地人の家屋です[36]。屋根が藁葺きというのは北部によくあるのですが、この写真は壁が石です。石を積んでいます。乾期は暑く雨期はとても寒いのですが、石造りの家だと、暑い季節は屋内が涼しく、寒い季節は逆に暖かい。おそらくティグライ州かエリトリアでしょう。私がいたゴンダールまで南下すると、牛の糞と土を混ぜて壁にするので、こういう家屋の様式にはなりませんね。

この大きな塔は、いわゆるオベリスク、石柱です[37]。古代アクスム王国の遺跡で、千六百年ほど前のものと考えられています。花崗岩でできていて、二十四メートルもの高さがある。何本かあるのですが、イタリア軍が侵略した際、一部のオベリスクは分割されてローマに運ばれてしまうのです。それがなんと、二〇〇五年にもと置かれていたアクスムに返還されました。

港―複写がうまくいかず、ボケた状態の写真も多いですが、教会が写ったものなど、現地の典型的な建築写真として、イタリア兵が記念に持ち帰ったのかもしれませんね。

イメージの生命

川瀬―港さんにご覧いただくことで写真が活性化してゆく、不思議で貴重な時間でした。撮る人の意図を超えて、イメージの新たな生成を見たように思います。

港―もしここにエチオピアの人やイタリアの人がいたら、今日のトークはまったく違う話題になったでしょう。記憶というのは固定したものではなく、見る人や、どういうコンテクストにおいて見るかで変わってきます。イメージの生命は、つねに複数形です。撮った人、撮られた人、複写した人、売った人、贈られた人、共有した人、その写真を手放した人など、錯綜した関係がある。たとえば今晩、ここ京都PURPLEでは、祇園祭の最中に、これらの写真を見ることになりました。トークイベントは配信もされています。そうしたこと自体が写真という経験の広がりを生むし、イメージの生命を支えているのです。

大切なのは、どんな写真であれ、丁寧に扱わなければいけないということです。キュレーションという語の原義には、治癒するという意味もあります。キュラトーレですね。ギャラリーを見てわかるように、とても丁寧に展示されていますし、それを丁寧に見るように私たちは求められている。見る人間には大切に見るという責任がある。なぜ責任が生まれるのか、それはここに写っている人たちが、みな死んでいるからです。幸福な死もあったかもしれないけれど、不幸な死もあった。侵略された苦しみもあったでしょう。祖国に戻った時の喜びがあったかもしれない。しかし、すべてなくなっている。その意味で、死者はわれわれに語ることを求めています。

川瀬―イメージに語られたからには、われわれも語

29

30

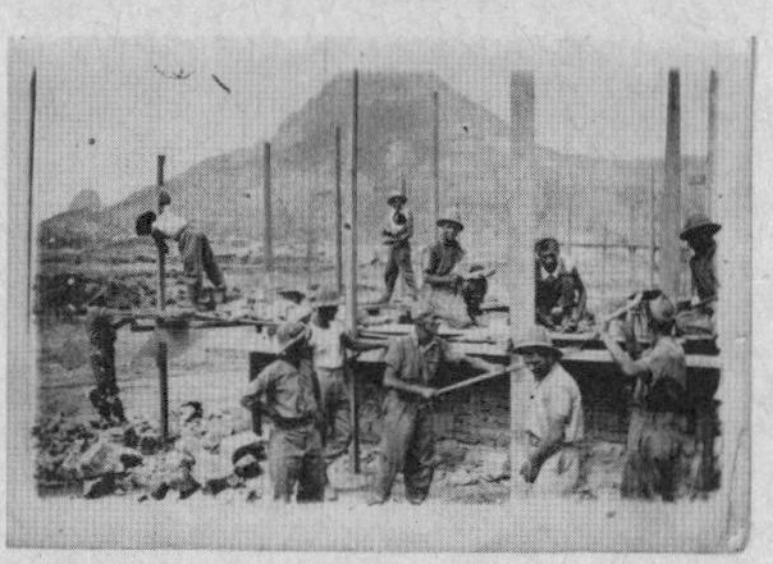

31

32

33

34

35

36

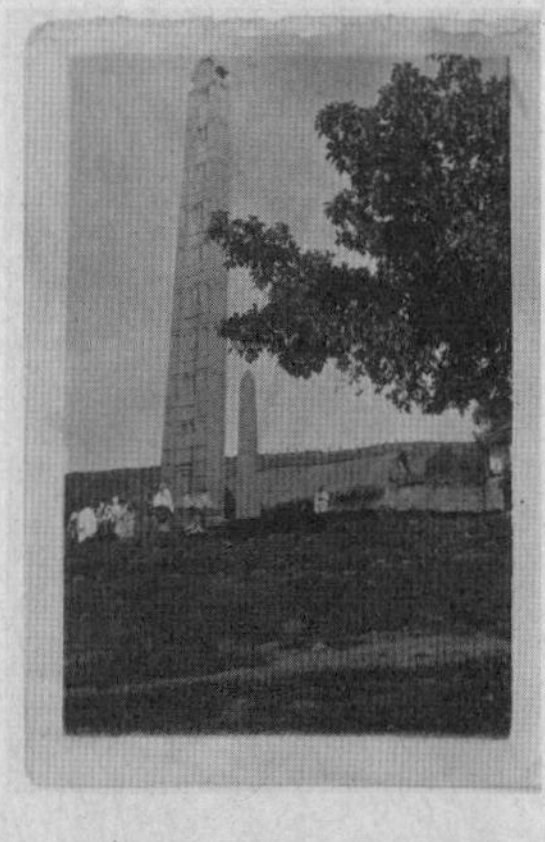

37

り継がなければいけない、ということですね。

港―そうした責任の一端が、イメージの生命を支えているのではないでしょうか。何時間でも話せるだけの力を持ったイメージ群だと思いますし、一筋縄ではいかない。非常に強い生命力を持っている。そういうものを手にしてしまった。本気で解読しようとすると何年もかかるでしょう。川瀬さんの手にたどりついてよかったと思います。一篇の映画になってもおかしくないし、川瀬さんの新たなドキュメンタリー作品になるかもしれない。

川瀬―イメージの生命は、必ずしも撮る人に帰属しないのですね。終わりなき生成の旅といいますか、港さんとの対話によって、この場に新たな物語が生成しました。

港―川瀬さんがいなかったら何もしゃべれなかったでしょう。メディウムに関してはお話しましたけれど、こうしたことは一人では経験できません。

一つ、つけ加えるなら、今回のタイトルに〝一九三六年のあなたへ〟と、〝あなた〟が入っている。ここが大切だと思います。誰が撮ったのかわからない、どういう経緯で来たのかもわからない。しかし〝あなた〟という言葉を入れることで、写真との対話が成立する。コレクション自体はキュレーションなきキュレーションといいましたけれど、展示も含めて、ここには対話を開くというひとつの方法論がある。それが大切だと感じます。

川瀬―おっしゃる通りです。彼女へ、彼らへでは、そういう方向にならないですね。〝あなた〟という言葉に強い思いがあります。

港―その言葉で他者が際立ち、自分が立つ位置も照射される。いいタイトルですね。

川瀬―長い時間、ありがとうございました。

むすびにかえて

夜道、鹿と出会う。車を止めてその眼を凝視する。あたかも時間が止まったかのように粛然とした気持ちになる。野生のまなざしの奥に、侵してはならない静謐な場所を見る。そのまなざしは、実は我々の日々の営みのあちこちに存在し、私やあなたをじっと見つめ、人のコントロールが及ばない聖域への入り口を指し示し続けているのかもしれない。人は太古より、聖域とのつながりを実感し、祈りや歌を通してその場所との交流を重ねてきた。

長く続いたパンデミックの時代。それは私にとって、気ぜわしい日常のなかで希薄になりつつあった聖域とのつながりを再び確かめ、その場所の奥へ奥へとイマジネーションの潜行を試みる、いわば〝見晴らしのよい時間〟であった。

本書に収められたことばを生み出すきっかけを与えてくれた人や作品、各種プロジェクトに感謝と敬意を表したい。それらは、途方もない聖域へと私を誘う、野生のまなざしそのものであった。本書にちりばめられたイメージの神話の種子に、見事に息を吹き込んでくれた平松麻氏に畏敬の念を抱かずにはいられない。写真を通した港千尋氏との対話からは多くを学ばせていただいた。また、様々なスタイルのテクストとイメージを束ねて一つの本に収めるという、容易ではない仕事を快く行ってくれたデザイナーの木村稔将氏に謝意を表したい。赤々舎代表の姫野希美氏によるお声がけと励ましがなければ本書は決して生まれなかっただろう。私のイマジネーションの冒険に、企画段階から伴走してくださった姫野氏に心より御礼申しあげる。

初出一覧

見晴らしのよい時間

『朝日新聞』あるきだす言葉たち、２０２１年９月29日

獣がかじるのは

『妃』第24号、２０２２年

※南相馬市において片桐功敦によって撮影された柱と花の写真（KYOTOGRAPHIE 京都国際写真祭 2021 展示作品）に着想を得た。

君の歩行

村上慧『移住を生活する』、金沢21世紀美術館、２０２１年

※村上慧による膨大な日記への返答である。

イメージの還流

『りんご通信』１号、２０２１年

※毎日新聞連載〈このごろ通信〉より「曾祖父とヒル」２０２１年１月18日、「ぬめり」２０２１年１月25日を加筆修正して用いた。

線の戯れ

『りんご通信』３号、２０２２年

どんぼらの淵

『ミて』156号、２０２１年

※谷汲のノシに関わる伝承に基づく。

ムジェレ

『現代詩手帳』２０２１年９月号

さくら荘のチュルンチュル
『文藝』２０２１年夏季号　※東京都葛飾区を拠点とするエチオピア移民コミュニティの活動に着想を得た。

楽園
『妃』第23号、２０２１年

虹の蛇
『りんご通信』2号、２０２２年

乳房からしたたる涙
スピリアールト・クララ個展「くらら せきらら」カタログ、公益財団法人現代芸術振興財団、２０２２年
※エチオピアの憑依現象ザールの起源伝承より着想を得た。

影の飛翔
『りんご通信』5号、２０２３年

宴
『文學界』２０２１年4月号巻頭表現

ちょんだらーに捧ぐバラッド
『地域芸能と歩む 2020-2021』報告書、文化庁令和3年度大学における文化芸術推進事業、２０２２年

打てばよい
「パフォーミングアーツの広場」、〈一般社団法人たんぽぽの家〉ウェブサイト、２０２２年

歌へ［三つの書評より］
「歌はめぐる」『週刊読書人』、２０２２年10月8日号
「見えるものと見えないものの真ん中に息づく世界へ」共同通信配信、２０２２年2月
「恩寵としての音楽」共同通信配信、２０２２年7月

わたしは歌
『地域芸能と歩む』ウェブサイト、沖縄県立芸術大学、２０２１年

アビシニア高原、一九三六年のあなたへ
『りんご通信』4号、２０２２年

川瀬慈

1977年生まれ。映像人類学者。国立民族学博物館教授。エチオピアの吟遊詩人の人類学研究を行う。主著に『ストリートの精霊たち』（世界思想社、2018年、第6回鉄犬ヘテロトピア文学賞）、『エチオピア高原の吟遊詩人 うたに生きる者たち』（音楽之友社、2020年、第43回サントリー学芸賞、第11回梅棹忠夫・山と探検文学賞）、『叡智の鳥』（Tombac／インスクリプト、2021年）。

見晴らしのよい時間

2024年6月11日 初版発行

著 = 川瀬慈

［デザイン］
木村稔将

［発行人］
姫野希美

［発行所］
株式会社赤々舎
京都府京都市中京区藤西町 584 番地 2

［印刷製本］
モリモト印刷株式会社

ISBN978-4-86541-182-9
Printed in Japan